KB026702

이토록 멋진 문장이라면

이토록 멋진 문장이라면

필사, 나를 물들이는 텍스트와의 만남

장석주 쓰고 엮음

추수밭

일러두기

1. 이 책에 나오는 작품은 저작권자, 출판사, 한국문예학술저작권협회, 한국복제전송저작권협회의 허락을 받아 수록한 것입니다.
2. 작품과 출처는 최신판을 기준으로 하여 실었습니다. 절판이 된 경우에도 본래의 출처를 적었습니다. 괄호 안의 출간 연도는 해당 출판사의 1판 1쇄 발행 연도입니다.
3. 맞춤법에 어긋나지 않는 한 각 작품의 원문을 그대로 실었습니다.

필사는 느린 꿈꾸기이고,
나를 돌아보는 성찰이며,
행복한 몽상이다.

머리말

나를 물들이는 문장과의 만남

나는 읽는다, 고로 존재한다. 한 걸음 더 나가면 '나는 쓴다, 고로 존재한다'에 이르게 될 테다. 쓰는 일은 읽는 일에서 시작한다. 평생에 걸쳐 책을 섭렵하면서 명문장들을 만났다. 왜 나는 책을 읽었을까? 책 읽기는 현실도피의 한 방식이다. 책 읽기가 현실도피라면 이보다 더 우아한 방식의 현실도피를 찾아보기는 어렵다. 19세 때 니체의 《차라투스트라는 이렇게 말했다》를 읽은 것은 무일푼이고 백수로 빈둥거린 탓에 숨 막히는 현실에서 도망가기 위해서만은 아니었다. 이 곤란과 감히 맞서보려는 생각은 없었다. 단지 나는 진정으로 살기를 원했다. 단테의 《신곡》에 나오는 한 문장, "우리 인생길의 한중간에서/나는 올바른 길을 잃어버렸기에/어두운 숲 속을 헤매고 있었네."라는 문장에 그 대답이 숨어 있다. 올바른 길을 잃었기에, 그리고 어둠 속을 헤매고 있었기에, 나는 굶주린 짐승이 먹이를 찾듯이 서책들을 구해 읽었다.

나는 책 읽기가 기적은 아니지만 놀라운 변화의 동력이 될 수 있다는 확신을 가졌다. 좋은 책들은 고독 속에서 흘러나오는 초월의 노래다. 좋은 책이 주르륵 보여주는 명문장들은 몇 방울의 피, 깊이를 헤아리기 어려운 고독, 순도 높은 침묵으로 이루어진다. 읽은 것들이 무지의 자각에 이르게 하고, 궁극에는 나약한 정신을 단련시키고 삶의 지침으로 오롯하였다. 나는 쉬지 않고 읽었기에, 모호한 영혼과 불명확한 삶에 대해 몇 마디쯤은 말을 할 수 있게 되었다. 읽은 것들을 다 기억하지 못한다. 읽은 것들을 다 기억할 필요도 없다. 그중에서 일부를 소개하려고 한다.

명문장은 지혜와 인생의 정수(精髓)를 함축된 구조 속에 담아낸 문장이다. 더러 그것들은 거울이 되어 우리 내면을 비춰준다. 그 거울을 통해 자신의 내면을 들여다보고, 인생을 더 좋은 것으로 바꾸는 데 힘을 보탤 수가 있다. 어떤 문장들은 마음으로 들어와 마음의 금(琴)을 '퉁기둥' 하고 맑은 소리로 울린다. 통사적으로 완벽하고 수사학은 신선하다. 뜻이 새롭고 표현은 세련되며 간결한 문장들은 맵시 있고 감탄할 만하며 닮고자 하는 욕구를 기분 좋게 자극한다. 문장에 삿됨이 없고 품격과 아취가 깃들어 있다. 그렇다. 명문장은 딱딱하기보다는 말랑말랑하고, 그 표현이 수려하다. 문법적으로 완벽하기보다는 문법과 생각이 자연스럽게 녹아 어우러진 문장이다. 생명의 리듬을 담고 있는 문장, 흐르고 스쳐가는 어떤 절대의 순간을 서늘하게 드러내는 문장, 감각적인 기쁨과 충만을 담은 문장, 영혼을 울리면서 강렬한 존재 쇄신의 느낌을 주는 문장! 이를테면 이런 문장들이다.

> 롤리타, 내 삶의 빛, 내 몸의 불이여. 나의 죄, 나의 영혼이여. 롤-리-타. 혀끝이 입천장을 따라 세 걸음 걷다가 세 걸음째에 앞니를 가볍게 건드린다. 롤. 리. 타.
>
> **_블라디미르 나보코프, 《롤리타》, 김진준 옮김, 문학동네, 2013, 17쪽.**

밀봉된 운명의 불가해성을 여는 첫 문장들! 가장 잊을 수 없는 소설의 인상적인 문장은 블라디미르 나보코프의 《롤리타》를 여는 첫 문장이다. 영원히 붙잡을 수 없는 것을 붙잡으려는 자의 덧없는 욕망에 대한 이야기를 여는 첫 문장으로 이보다 더 완벽할 수는 없다. 검고 숱이 많은 눈썹을 가진 험버트 씨는 가련하다. 자기의 환상을 뭉쳐 만든 요정에 홀려 인생을 망쳐버리니까! '롤리타'는 빛이자 불이고, 뜨거운 죄의 시작이다. 불을 붙인 것은 욕망일까, 혹은 사랑일까? 딱히 어느 한쪽이라고 못 박을 수는 없다. 분명한 것은 금지된 것을 향한 탐미적 욕망은 한 줌의 회의도 없이 지옥까지 기꺼이 내려서려는 지독한 욕망이다. 이 첫 문장 때문에 나는 이 소설을 읽고 또 읽었다. 또 다른 문장이 있다.

> 봄철에 티파사에는 신(神)들이 내려와 산다. 태양 속에서, 압생트의 향기 속에서, 은빛으로 철갑을 두른 바다며, 야생의 푸른 하늘, 꽃으로 뒤덮인 폐허, 돌더미 속에 굵은 거품을 일으키며 끓는 빛 속에서 신들은 말한다. 어떤 시간에는 들판이 햇빛 때문에 캄캄해진다. 두 눈으로 그 무엇인가를 보려고 애를 쓰지만 눈에 잡히는 것이란 속눈썹 가에 매달려 떨리는 빛과 색채의 작은 덩어리들뿐이다.
>
> **_알베르 카뮈, 《결혼 · 여름》, 김화영 옮김, 책세상, 1998(1987), 13쪽.**

알베르 카뮈의 이 문장을 정확하게 언제 읽었는지 기억나지 않는다. 야생의 향과 빛과 색채로 뒤엉킨 티파사라니! 오감을 화들짝 놀라게 한 이 문장을 처음 접한 뒤 나는 수십 번도 더 넘게 되풀이해서 읽었다. 모란과 작약이 꽃망울을 터뜨리는 화창한 봄날에도, 비가 추적추적 내리는 가을 저녁에도, 진눈깨비가 창호지를 바른 창에 내리치는 스산한 겨울 아침에도 이 문장을 찾아 읽었다. 이 문장을 읽을 때마다 몸의 나른한 이완과 그 이완의 틈새로 행복은 날개를 고요히 접으며 내려앉는다. 카뮈의 산문 문장들은 비참과 고독의 구덩이에 빠진 내게 넌지시 구원의 손을 건넨다. 나는 스무 살에도 그랬고 예순이 넘은 지금도 카뮈가 내미는 손을 덥석 잡는다.

결국 나는 그토록 많은 책들을 읽고 말았다. 책들이 다가와 말을 걸었다. 나는 문장들의 목소리에 귀를 기울였다. 정신은 고온에서 달궈지고, 단단한 문장들은 평생의 지적 자산이 되고, 성장의 자양분이 되었다. 이것들을 읽어서 내 것으로 만드는 행위는 가장 비용을 적게 들이면서 인생을 더 나은 방향으로 바꿀 수 있는 방법이다. 명문장을 베껴 쓰는 일은 그 작가에 대한 오마주다. 베껴 쓰기는 교감을 나누는 것이다. 아울러 문장에 깃든 정신과 기품을 닮으려는 능동적인 마음의 발로를 보여준다. 베껴 쓰는 사람은 문장의 정수 속으로 스민다. 자아와 문장의 혼융! 영리하고 명료한 명문장들이 내 안으로 흘러들어와 뼈와 살을 이룬다. 자, 여기 마음으로 읽고 뼈에 새길 만한 명문장들이 있다. 연필을 들고 노트를 펴서 그 명문장들을 따라 써보자!

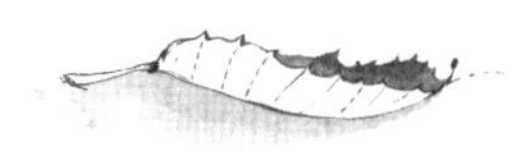

사람들은 저마다 제각각의 불행을 안고 산다. 이 불행들이 우리를 고독에 빠뜨리고 젊음과 영혼을 잠식한다. 이 영혼을 좀먹는 불행과 싸우는 데 에너지를 다 써버려 우리 감정은 메마르고 삶은 고갈된 바닥을 드러낸다. 이때 '좋은 책들'—명문장들을 그득 품은 책들이다—은 침울하고 권태로운 마음에 화사한 빛을 비춘다. 위로와 기쁨을 주고, 감정을 윤택하게 하는 빛에 감싸인 책들에 축복이 있을진저! 이 베껴 쓰기의 첫 번째 목적은 들뜬 마음을 가라앉히고 마음에 조촐한 기쁨을 얻고자 함이다. 마음에 되새길 만한 좋은 문장들을 무념무상으로 베껴 쓰는 가운데 마음의 정화와 영혼의 성장을 위한 계기를 발견하기 위함이다. 베껴 써라, 그러면 명문장에 깃든 빛이 당신의 내부를 밝혀줄 것이다. 그 빛은 치유와 희망의 빛이다. 문장 쓰기에 힘과 탄력이 붙으면, 내 문장을 써보자! 모든 쓰기는 시간의 유한성과 죽음과 망각에 대한 저항이다. 쓴다는 것보다 더 직접적인 자기표현은 없다. 쓴다는 것은 현재진행형의 삶을 문장으로 고착시키는 일이다. 인생이 그렇듯이 문장은 암시와 폭로로 이루어진다. 자, 종이와 연필을 준비하고 문장들을 써보자.

"완벽하지 않아도 괜찮아, 자, 네 문장을 써봐!"

2015년 9월

장석주 씀

차
례

2 인생을 깨우쳐주는 명문장

너는 존재한다 – 그러므로 사라질 것이다
너는 사라진다 – 그러므로 아름답다

3 일상을 음미하게 해주는 명문장

남아 있는 것들은 언제나 정겹다

4 생각을 열어주는 명문장

삶은 돌이킬 수 없는 단 한 번의 위대한 실험

5 감각을 깨우는 명문장

빗방울이 개나리 울타리에
솝-솝-솝-솝 떨어진다

1

감정을 다스려주는 명문장

그 무거운 머리는 이리 주시고요
그 헐벗은 두 손도

파초 芭蕉

작년 봄에 이웃에서 파초 한 그루를 사왔다. 얻어온 것도 두어 뿌리 있었지만 모두 어미뿌리에서 새로 찢어낸 것들로 앉아서나 들여다볼 만한 키들이요 "요게 언제 자라서 키 큰 내가 들어설 만치 그늘이 지나!" 생각할 때는 적이 한심하였다.

그래 지나다닐 때마다 눈을 빼앗기던 이웃집 큰 파초를 그예 사오고야 만 것이었다.

워낙 크기도 했지만 파초는 소 선지가 제일 좋은 거름이란 말을 듣고 선지는 물론이요 생선 씻은 물, 깻묵물 같은 것을 틈틈이 주었더니 작년 당년으로 성북동에선 제일 큰 파초가 되었고 올봄에는 새끼를 다섯이나 뜯어내었다. 그런 것이 올여름에도 그냥 그 기운으로 장차게 자라 지금은 아마 제일 높은 가지는 열두 자도 훨씬 더 넘을 만치 지붕과 함께 솟아서 퍼런 공중에 드리웠다. 지나는 사람마다 "이렇게 큰 파초는 처음 봤군!" 하고 우러러보는 것이다. 나는 그 밑에 의자를 놓고 가끔 남국의 정조(情調)를 명상한다.

뒤에서 이어집니다.

1930년대 한국 문단에 "운문은 지용(정지용), 산문은 상허(이태준)"라는 말이 회자되었다. 지금 읽어도 이태준의 문장은 낡거나 비루하거나 촌스럽지 않다. 담백하고 수려하다. 파초는 잎이 넓은 이국 식물이다. 언제 귀화했는지는 알 수 없다. 이 귀화식물을 기르는 데 온갖 정성을 다 쏟는다. "열두 자도 훨씬 더 넘을 만치 지붕과 함께 솟아서 퍼런 공중에 드리"웠다니! 파초의 푸르른 그늘은 곧 파초의 마음이다. 파초를 기르는 이의 마음은 곧 파초의 마음에 가 닿으려는 마음이다. 파초를 기르는 이의 마음과 주렴 안쪽에 누워 파초 잎에 떨어지는 빗소리를 듣는 이의 마음은 다르지 않다.

비 오는 날 다른 화초들은 입을 다문 듯
우울할 때 파초만은 은은히 빗방울을 퉁기어
주렴 안에 누웠으되 듣는 이의 마음에까지
비를 뿌리고도 남는다.

파초는 언제 보아도 좋은 화초다. 폭염 아래서도 그의 푸르고 싱그러운 그늘은, 눈을 씻어줌이 물보다 더 서늘한 것이며 비 오는 날 다른 화초들은 입을 다문 듯 우울할 때 파초만은 은은히 빗방울을 퉁기어 주렴(珠簾) 안에 누웠으되 듣는 이의 마음에까지 비를 뿌리고도 남는다. 가슴에 비가 뿌리되 옷은 젖지 않는 그 서늘함, 파초를 가꾸는 이 비를 기다림이 여기 있을 것이다.

이태준, 《무서록》, 범우사, 2009(1993), 26-27쪽.

고요로의 초대

잔디는 그냥 밟고 마당으로 들어오세요 열쇠는 현관문 손잡이 위쪽

담쟁이넝쿨로 덮인 돌벽 틈새를 더듬어 보시구요 키를 꽂기 전 조그맣게 노크하셔야 합니다 적막이 옷매무새라도 고치고 마중 나올 수 있게

대접할 만한 건 없지만 벽난로 옆을 보면

오랫동안 사용하지 않은 장작이 보일 거예요 그 옆에는

낡았지만 아주 오래된 흔들의자

찬장에는 옛 그리스 문양이 새겨진 그릇들

달빛과 모기와 먼지들이 소찬을 벌인 지도 오래되었답니다

방마다 문을, 커튼을, 창을 활짝 열어젖히고

쉬세요 쉬세요 쉬세요 이 집에서는 바람에 날려 온 가랑잎도 손님이랍니다

많은 집에 초대를 해 봤지만 나는

문간에 서 있는 나를

하인(下人)처럼 정중하게 마중 나가는 것이다

안녕하세요 안으로 들어오십시오

그 무거운 머리는 이리 주시고요

그 헐벗은 두 손도

조정권, 《고요로의 초대》, 민음사, 2011, 17쪽.

고요는 감흥도, 파토스도 아니다. 고요는 사물과 사물들 사이, 자연과 인간 사이에 깃든 평화고 질서고 리듬이다. 고요가 머문 시공에로 발길을 들여놓는 순간, 우리는 홀연 고요에 빙의된다. 이때 고요는 진리고 청정함이고 마음의 본원이다. 고요는 소리의 부재 상태가 아니라 소리와 자아 사이에 평화와 조화를 느끼게 하는 매개물이다.

섬에서
보내는 편지

풋살구가 떨어지며 사랑채 지붕을 두드립니다. 양철 지붕에 부딪히고 살짝 튀어 올랐다 다시 떨어지며 낮은 소리를 한 번 더 냅니다. 침묵이 나비물처럼 사방에 뿌려지고 툭, 조용해집니다. 깨졌던 침묵이 봉합되는 순간에 침묵은 더 깊어지는 것 같습니다.

침묵에서는 어떤 냄새가 날까. 무슨 맛일까. 비린내가 날 것 같고 신맛일 것 같다는 생각을 하다가 잠자리에서 일어나 유리창을 엽니다.

아카시아 꽃 달콤한 냄새가 방으로 쏟아져 들어옵니다. 유리창에 밤새 쳐져 있던 아카시아 꽃향기 커튼이 찢어졌나 봅니다. 콧숨을 짧고 빠르게 끊어 쉬며 달콤한 향을 음미하다가 폐를 최대로 부풀리며 향기를 빨아들여봅니다. 가슴이 시원해집니다. '꽃향기 침략에 몸이 공중으로 떠오르네'라고 혼자 중얼거려봅니다. 강화도 마니산 밑에 있는 우리 동네 동막리는 해마다 아카시아 꽃향기와 밤꽃 내와 들국화 향에 점령당합니다. 그렇게 세 번씩이나 점령당하면서도 노인회장님도 이장님도 있건만 대책회의 한번 열리지 않습니다.

함민복, 《미안한 마음》, 대상, 2012, 34쪽.

침묵은 소리의 부재가 아니라 차라리 고요의 충만이다. 비어 있음의 충일이고 그 충일 속에서 일어나는 기쁨의 만개 현상이다. 침묵은 소리로 말미암아 세상에 드러난다. 도시에 사는 이들은 누릴 수 없는 삶의 보람이고, 시골에 사는 이들도 아주 가끔씩만 누리는 삶의 사치다.

느린 걸음이
가져다주는 것들

산어귀에 내려서 일단 민박집을 찾아든다. 방바닥에 몸을 부리고 좀 쉬다 보면, 어느 순간 밖에서 무언가가 나를 부르는 듯하다. 어서 나가봐야 할 것 같은 마음이 들쑤신다. 등산화의 끈을 조이고, 허정거리는 걸음으로 느릿느릿 걷기 시작한다. 그때 내 눈에 들어오는 풍경은 사방천지 초록이거나, 알록달록한 단풍이거나, 아니면 눈 덮여 눈부신 풍경 사이로 헐벗은 나뭇가지들이 죽죽 벋어 있을 수도 있다. 그 풍경 속을 그저 느릿느릿 걷는다. 어느 겨를에 머리카락 가닥 사이로 바람의 손길이 느껴지고, 돌멩이가 들어찬 듯 무겁던 머리가 거뿟해진다. 내 몸에 들어앉아 마구 들쑤시고 조이고 헤집던 질병도 천지의 고요에 저절로 숨을 죽이는 듯 가라앉는다. 허정거리던 다리도 제법 힘이 붙은 듯 제 리듬을 찾는다. 걷다가 지치면 길섶이나 벤치에 앉아 보온병에 든 차를 마시고, 다시 걷다가 이제 되었다 싶으면 민박집으로 들어와 설핏한 잠에 들고, 그러다 다시 깨어나면 나가서 걷고…… 그렇게 1박 2일 또는 2박 3일쯤 지내고 나면 몸 안의 탁하고 오래 묵은 기운들이 빠져나가고 산바람처럼 맑은 무엇이 들어찬 듯하다. 다시 도시로 돌아가 살아낼 힘을 얻은 듯하다.

이혜경, 《그냥 걷다가, 문득》, 강, 2013, 72쪽.

마음이 바빠서 제자리를 찾지 못하고 들떠 있을 때 몸과 마음은 서로 어긋나 좀처럼 하나로 겹쳐지지 않는다. 둘은 한 몸에 있되 둘이다. 하나가 둘로 나뉘어 어긋날 때 몸이 시끄럽다. 몸 안의 탁한 기운이 이곳저곳을 들쑤시고 조이고 헤집는 것이 질병이다. 그 묵고 탁한 기운 대신 맑은 기운이 몸에 차오를 때 몸은 활력을 얻는다. 숲과 나무들, 시냇물과 바람은 묵고 탁한 기운을 풀어내는 데 힘을 보탠다. 본디 몸은 자연이라는 모태에서 떨어져 나온 태아이기 때문이다.

빛 항아리

빛 항아리(靑銅, 파리 마레 지구 생폴 빌라주 정원 중고가게에서 구입) : 그것은 어디에서 비롯되었는지 모른다. 티베트 기슭에서 어느 날 문득 굴러 내려왔는지, 몽고 초원 돌무지 속에서 어쩌다 끄들려 나왔는지. 그것은 그리 중요하지 않다. 빛에서 왔고 바람에서 왔다고 하면 된다. 아폴론의 햇빛으로 구워지고 초원의 초록 바람으로 단련되었다고 보면 된다. 나는 매일 눈을 뜨면서 그것을 본다. 순한 양 같기도 하고 웅비를 꿈꾸는 새끼 맹호 같기도 한 동물 형상이 항아리 뚜껑 손잡이에 달려 있다. 긴 여행에서 돌아오면서 제일 먼저 그것을 가방에서 꺼내 피아노 위에 올려놓았다. 그날 이후 그것은 흰 벽에 기대놓은 암갈색 목재 피아노 위에 순한 양이 되어 아니 새끼 맹호가 되어 앉아 있다. 아침이면 나는 창문을 열듯이 그것의 뚜껑을 연다.

함정임, 《하찮음에 관하여》, 이마고, 2002, 28쪽.

사람은 사물 없이 한순간도 살 수 없다. 사물들은 우리의 필요와 욕망을 감당한다. "실제로 우리는 욕망, 일, 여가, 이동, 일상생활 등 모든 것을 사물에 의존하고 있다."(로제 폴 드루아, 《사물들과 함께 하는 51가지 철학 체험》) 견고한 사물들은 사람보다 더 오래 존재한다. 한 사람의 죽음은 사물의 세계에 어떤 영향도 미치지 못한다. 사물이 삶에 미치는 영향에 견줘본다면 이것은 매우 놀라운 일이다.

이 풀더미를
한 평만 떼어다

어제 갔던 곳은 2년 전에도 간 적이 있는 봉정사라는 절이다. 영주 부석사의 무량수전보다 오래된 고려조의 목조건물이 있는 곳인데, 실제 건물은 중간에 새 목재로 다 교체해 버린 데다 내부도 썰렁하니 헛간 같은 게 볼품이 없더라. 그에 비하면 무량수전의 기품 있는 모습은 과연 국보급 건물이라 할 수 있다.

나는 전에 한 번 가 본 적이 있기 때문에, 절 구경은 별로 하지 않고 절로 들어갈 때부터 나올 때까지 그저 땅만 보고 다녔다. 온갖 풀꽃들을 헤아리느라고 그랬지. 방에 앉아 있을 때 여러 권의 도감을 통해 그렇게 많은 풀꽃들을 보았는데도 막상 산에 가 보니 온통 신기한 풀이 천지에 널려 있더라. 예전 같으면 그냥 "어, 풀 좋다!" 하고 지나쳤겠지만, 이번에는 풀 하나하나의 특성과 이름들을 주억거리며 헤쳐 나갔지. 그러자니 내가 딛고 있는 이 땅이 온갖 금은보화가 가득한 신비의 곳간처럼 여겨지면서, 발걸음을 옮김 때마다 그렇게 아쉽게 여겨질 수가 없더구나.

뒤에서 이어집니다.

작은 풀꽃들을 측은지심을 갖고 바라보라. 풀꽃들이 사랑스럽지 않은가? 그것들은 "온갖 금은보화가 가득한 신비의 곳간"이 내놓은 찬란한 생명들이 아닌가? 아무리 하찮은 것이라 할지라도 생명은 저마다 존엄으로 빛난다. 생명은 그 자체로 존귀하다. 우주의 약동이고 정수인 까닭이다.

산에 사는 스님들은 참 좋겠다.
지천으로 깔려 있는 온갖 신선한 야생초를
사시사철 맛볼 수 있으니 말이야.

아침에 태풍이 지나가면서 많은 비를 뿌린 뒤라 산골짜기에는 계곡물이 콸콸 흐르고 있었다. 도랑 근처에는 온갖 종류의 여뀌와 고마리가 잔뜩 꽃을 피운 채 곳곳에서 급류에 무더기로 흐느적거리고 있더구나. 어제 봉정사에 오를 때 눈에 가장 신선하게 들어온 풀꽃은 물봉선이었다. 봉숭아꽃을 닮았지만 봉숭아보다 훨씬 강렬하고 야성미가 넘쳐나는 꽃이지. 습지와 도랑에 많이 자라는데 산에 오르면서 가장 맘이 쏠리는 꽃이었지. 물봉선 사이사이로 그와 비슷한 붉은 꽃이 자주 눈에 띄길래 자세히 보니 배곯은 며느리가 밥알을 물고 죽은 자리에 피어났다는 며느리밥풀꽃이었다. 절 위쪽의 요사채로 오르는 길목에는 2년 전처럼 머위가 가득 자라고 있었다. 그때 머위 한 뿌리를 캐 와서 원예부 꽃밭에 심었더니(당시엔 봄) 가을에 녀석들이 엄청나게 번져서 그것을 뜯어다 된장을 풀어 머윗국을 끓여 먹은 기억이 난다. 산에 사는 스님들은 참 좋겠다. 지천으로 깔려 있는 온갖 신선한 야생초를 사시사철 맛볼 수 있으니 말이야.

황대권, 《야생초 편지》, 도솔, 2012(2002), 43-44쪽.

산마을
이웃들

왜 괜히 웃느냐고 손님이 물었다. 얼마 뒤 다시 그 말을 들을 만큼 그날은 내가 생각해도 이상하게 자꾸 웃음이 났다. 그이가 돌아간 뒤에 그가 이레 만에 보는 사람이었다는 것을, 오랜만에 사람을 만나면 그것만으로도 좋아 그가 어떤 사람이냐에 상관없이 괜히 웃음이 날 수도 있다는 것을 그날 처음 알았다.

방문객이 적지 않다. 그중에는 혼자서 오는 사람이 있고, 두셋이 혹은 여럿이 함께 오는 사람도 있다. 한나절 머물다 가는 이가 있는가 하면, 하루 혹은 며칠씩 쉬어 가는 사람도 있다. 하루 두세 팀이 겹치는 날도 있다. 이렇게 방문객이 많은 편이지만 홀로 지내는 날도 결코 적지 않다. 어떤 때는 대엿새씩, 열흘씩 사람을 못 볼 때가 있다. 전화 한 통 거는 사람이 없어 며칠씩 말 한마디 안 하고 지낼 때도 있다. 그럴 때는 전화벨 소리만 들어도 반갑다. 나무도 좋고 산도 좋지만 사람도 역시 좋다.

뒤에서 이어집니다.

사람은 사람 속에서 비로소 사람이다. 저 혼자는 아무것도 아니다. 저 혼자 있을 때 사람은 제 자신의 감옥이다. 누군가가 그토록 반갑고 그리운 것은 그로 인해 비로소 제 자신의 감옥에서 풀려나올 수 있는 까닭이다. "나무도 좋고 산도 좋지만 사람도 역시 좋다." 옳거니, 혼자인 세상보다 더불어 함께 사는 세상이 좋은 세상이다.

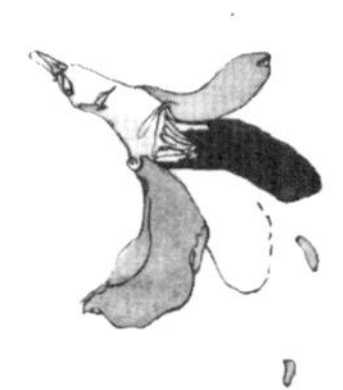

반가워 부리나케 달려가 받아 보면 때로 모르는 사람일 때도 있다. 가끔 물건을 팔기 위해 전화를 거는 사람도 있다. 하지만 실망은 잠시, 얼굴도 모르고 내게는 조금도 필요가 없는 물건이지만 내 목소리는 상냥하다. 나는 끝까지 내가 놀랄 정도로 친절하다. 그것은 추운 겨울에는 누구나 절로 해를 반기는 것처럼 내가 사람을 그리워하고 있다는 방증이었다.

산속에 오래 홀로 살다 보면 똑같은 이유로, 산과 물과 바위와 바람과 하늘과 비와 나무와 돌과 풀과 새와 벌레가 친구가 된다. 텔레비전도 없고, 사람도 없어 절로 그런 것들에 눈길이 가고 관심이 간다. 이곳에서도 도시에서처럼 늘 사람들과 함께 지낼 수 있다면 그런 것들에 마음을 주기 어려웠을 것이다. 감옥에서는 쥐하고도 친구가 된다고 하지 않던가.

최성현, 《산에서 살다》, 조화로운삶, 2006, 211-212쪽.

나를 치유하는 글쓰기

글쓰기는 과녁을 제대로 맞히기 위해 조준하는 과정이기도 하다. 전율이 가득하며, 활시위를 당길 때처럼 흥분되는 순수한 과정이다. 창의력이라는 과녁에 명중시키는 것, 지평선에서 어른거리는 것을 정확하게 표현해줄 문장을 찾는 것. 좋은 문장은 좇을 만한 가치가 있는 것이지만 좇는 그 자체, 곁눈질로 흘낏 보게 되는 것들, 그것들 역시 가치 있는 것들이다. 나는 글이 잘 쓰일 때를 좋아하지만, 글을 쓰고 있는 그 순간을 사랑하기도 한다.

줄리아 카메론, 《나를 치유하는 글쓰기》, 조한나 옮김, 이다미디어, 2013, 19쪽.

과녁을 꿰뚫은 화살은 꼬리를 부르르 떤다. 마침내 해냈구나! 스스로 해낸 것을 기꺼워하며 감동으로 전율을 하는 것이다. 제대로 된 문장을 쓰는 것도 그와 같다. 화살이 과녁을 명중하듯 어휘 하나하나가 적확하게 핵심을 꿰뚫어야 한다.

인간의 불행은 누구라도 방에 꼼짝 않고 있을 수 없기 때문에 생겨난다.
그저 방에 고요히 있으면 좋으련만, 당최 그러지를 못한다.
그래서 굳이 스스로 불행을 자초한다.

_블레즈 파스칼

매화

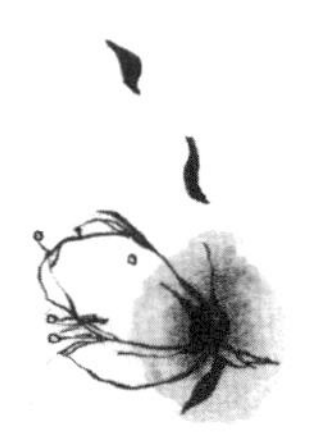

연례로 나는 하고많은 화초를 심었습니다. 봄에 진달래와 철쭉을 길렀고 여름에 월계와 목련과 핏빛처럼 곱게 피는 달리아며 가을엔 울 밑에 국화도 심어 보았고 겨울이면 내 안두(案頭)에 물결 같은 난초와 색시 같은 수선이며 단아한 선비처럼 매화분을 놓고 살아온 사람입니다. 철 따라 어느 꽃 어느 풀이 아름답고 곱지 않은 것이 있으리오마는 한 해 두 해 지나는 동안 내 머리에서 모든 꽃이 다 사라져 버렸습니다. 그러나 오히려 내 기억에서 종시 사라지지 않는 꽃 매화만이 유령처럼 내 신변을 휩싸고 떠날 줄을 모르는구료.

매화의 아름다움이 어디 있나뇨?

세인이 말하기를 매화는 늙어야 한다 합니다. 그 늙은 등걸이 용의 몸뚱어리처럼 뒤틀려 올라간 곳에 성긴 가지가 군데군데 뻗고 그 위에 띄엄띄엄 몇 개씩 꽃이 피는 데 품위가 있다 합니다.

뒤에서 이어집니다.

꽃은 어딘가 숨어 있던 마음들이 나타나는 것이다. 꽃이 반갑고 기쁜 것은 그 때문이다. 그중에서도 매화는 "빙설 속에서 홀로 소리쳐 피는 꽃"이다. 모든 꽃들이 추위에 움츠러들어 있을 때 매화만이 홀연히 피어 공중에 향을 퍼뜨리는 것이다.

매화는 어느 꽃보다 유덕한 그 암향이 좋다 합니다.

백화(百花)가 없는 빙설리(氷雪裏)에서 홀로 소리쳐 피는 꽃이 매화밖에 어디 있느냐 합니다.

혹은 이러한 조건들이 매화를 아름답게 꾸미는 점일는지도 모르겠습니다.

그러나 내가 매화를 사랑하는 마음은 실로 이러한 많은 조건이 멸시(蔑視)된 곳에 있습니다.

그를 대하매 아무런 조건 없이 내 마음이 황홀하여지는 데야 어찌하리까.

매화는 그 둥치를 꾸미지 않아도 좋습니다. 제 자라고 싶은 대로 우뚝 뻗어서 제 피고 싶은 대로 피어오르는 꽃들이 가다가 훌쩍 향기를 보내기도 하고 또 어느 때는 제가 방 한구석에 있는 체도 않고 은사(隱士)처럼 겸허하게 앉아 있는 품이 그럴 듯합니다.

김용준, 《근원수필》, 범우사, 2010(1987), 14-15쪽.

마당에 눕다

여름날 저녁때면 시골집 마당에 늘 멍석이 깔린다. 큰 흙 마당 위에 작은 풀잎 마당이 놓이는 셈이다. 이 멍석 위에서 풋고추와 애호박을 넣고 만든 칼국수를 푸짐하게 먹고 나면, 식구들은 땀을 말리며 함께 누워 쉰다. 그러면 낮 동안 달아올랐던 지열(地熱)이 조금 숨을 죽인 채 흙냄새와 함께 바람결을 타고 훅훅 콧속으로 싫지 않게 들어온다. 식구들은 저녁 치고는 조금 과한 듯싶게 부른 위장의 포만감을 기분 좋게 느끼며, 바람에 땀과 함께 실려 오는 서로의 살내도 조금씩 맡아가며, 하루의 피로를 느긋하게 풀어본다.

그때 우리의 몸엔 한 점의 긴장도, 탁한 울혈도 없다. 모든 기혈(氣血)이 잘 풀려서 개울물이 흐르는 것처럼 상쾌하다. 이런 마당 위에서의 푸짐한 식사와 느긋한 휴식은 인간들의 고된 하루를 소리 없이 위로하고 치유해준다.

뒤에서 이어집니다.

마당은 대지의 일부가 아니라 고결한 삶의 일부로 귀속한 땅이다. 마당이 있는 집이 좋다. 무엇보다 도 마당은 유순하고 모계 혈통같이 친근하게 끌린다. 어느 여름날 아침잠에서 깨어 바라본 시골집 마당을 잊을 수가 없다. 누군가 빗자루로 청소한 마당은 "하늘과 땅 사이에서 최초인 듯", 순결한 청년의 이마인 듯 빛났다.

마당 위에서의 푸짐한 식사와
느긋한 휴식은 인간들의 고된 하루를
소리 없이 위로하고 치유해준다.

우리는 마당에 누워서 누구나 우리 몸 가운데서 제일 넓적하고 무던한 등으로 대지와 편안하게 만난다. 이렇게 대지와 맞닿은 넓적한 등의 느낌은 늘 넉넉함을 지닌 평평함이다. 그리고 우리는 이렇게 누워 우리의 몸에서 가장 따스하고 여성적인 가슴으로 하늘을 맞이한다. 이처럼 하늘과 땅 사이에서 등을 대지에 붙이고 가슴은 하늘로 무한히 열어놓고 있노라면, 우리는 조금 거창한 말이기는 하나 때로 진정 우주적 존재로서 천지공사(天地公事)에 참여하는 것 같은 큰 느낌에 젖으며 감격하기도 한다. 앞에서 말했지만 이런 느낌은 너무 거창한 게 사실이다. 그렇지만 묵중한 대지에 등을 대고 하늘을 사심 없이 맞아들이고 있노라면, 우주가 '합심하여 선(善)을 이루는' 천지공심(天地公心)의 세계를 감득할 수 있으며, 우리의 생명도 하늘과 땅 사이에서 최초인 듯, 최후인 듯, 조화 속에서 화평해지고 유순해지는 것을 느낄 수 있다. 이런 신화적 경험은 어른이 된 뒤에도 언제나 놀랍고 새로운 기억으로 떠오른다.

정효구, 《마당 이야기》, 작가정신, 2008, 22-23쪽.

물살을, 삶을
헤치는 법

세상은 언제나 내가 두렵게 그 앞에 섰던 큰물 같았다. 두려우면서도 세차게 마음을 끌며 나를, 우리를 불렀다. 그러나 두려움을 이기며 내 스스로 헤쳐가야 하는 곳이자, 헤쳐갈 수 있는 곳이기도 했다. 모질게 공부만 하는 작고 여린 딸이 안쓰럽고 헤어질 때는 서운하다. 그러나 든든하다. 그렇게 어렸을 적에도 제법 큰 강 하나를 건너보았는데, 마음만 먹으면 세상의 무슨 강을 이제 어떻게든 못 건너겠는가.

전영애, 《인생을 배우다》, 청림출판, 2014, 45쪽.

누구에게나 인생이란 기어코 건너야 할 큰 강물 같다. 큰 강물을 두려워하며 못 건너는 사람이 있는가 하면, 누군가는 두려움을 떨쳐내고 강물에 뛰어들어 건너간다. 이때 두려움이란 용기 부족이 아니라 제 인생에 대한 자존과 사랑의 부족에서 생겨난 감정이다. 제 인생을 끔찍이 사랑한다면 없던 용기도 생기는 법이다.

2
인생을 깨우쳐주는 명문장

너는 존재한다 - 그러므로 사라질 것이다
너는 사라진다 - 그러므로 아름답다

장수(長壽)

비 오는 날이면 수첩에 적어 두었던 여배우 이름을 읽어 보면서 예전에 보았던 영화 장면을 회상하는 버릇이 있었다. 지금도 때로는 미술관 안내서와 음악회 프로그램을 뒤적거리기도 하고 지도를 펴놓고 여행하던 곳을 찾아서 본다. 물론 묶어 두었던 편지들을 읽어도 보고 책갈피에 끼워 둔 사진을 들여다보기도 한다.

30년 전이 조금 아까 같을 때가 있다. 나의 시선이 일순간에 수천 수만 광년 밖에 있는 별에 갈 수 있듯이, 기억은 수십 년 전 한 초점에 도달할 수 있는 까닭이다.

그러나 나와 그 별 사이에는 희박하여져 가는 공기와 멀고 먼 진공이 있을 뿐이요, 30년 전과 지금 사이에는 변화 곡절이 무상하고 농도 진한 '생활'이라는 것이 있다. 이 생활 역사를 한 페이지 읽어 보면 일 년이라는 세월은 긴긴 세월이요, 하룻밤, 아니 5분에도 별별 사건이 다 생기는 것이다.

뒤에서 이어집니다.

추억은 누구도 훔쳐갈 수 없는 우리의 재화(財貨)다. 추억이 많은 사람이 부자다. 추억 속에 아름다운 인연과 찬란한 생활이 깃들어 있다면 그가 비록 가난할지라도 유복한 사람인 것이다. 추억이 빈곤하다면 그 삶은 짧고 가난한 삶이요, 추억이 많다면 그 삶은 긴 삶이다.

과거를 역력하게 회상할 수 있는 사람은 참으로 장수를 하는 사람이며, 그 생활이 아름답고 화려하였다면 그는 비록 가난하더라도 유복한 사람이다.

예전을 추억하지 못하는 사람은 그의 생애가 찬란하였다 하더라도 감추어 둔 보물의 세목(細目)과 장소를 잊어버린 사람과 같다. 그리고 기계와 같이 하루하루를 살아온 사람은 그가 팔순을 살았다 하더라도 단명한 사람이다. 우리가 제한된 생리적 수명을 가지고 오래 살고 부유하게 사는 방법은 아름다운 인연을 많이 맺으며 나날이 적고 착한 일을 하고, 때로 살아온 자기 과거를 다시 사는 데 있는가 한다.

피천득, 《인연》, 샘터, 2007(1996), 79-80쪽.

살면서 죽음을 기억하라

타오르는 촛불이 초를 녹이듯
우리 영혼의 삶은 육체를 스러지게 한다.
육체가 영혼의 불꽃에
완전히 타버리면 죽음이 찾아온다.

삶이 선하다면 죽음 역시 선하다.
죽음이 없다면 삶도 없기 때문이다.

죽음은 우리와 세상, 우리와 시간 사이의
연결을 끊어놓는다.
죽음 앞에서
미래에 대한 질문은 아무런 의미도 없다.

뒤에서 이어집니다.

삶이 시작하는 순간부터 죽음은 삶의 내부에서 눈뜬다. 우리는 그 죽음을 벗어날 수 없다. 사람은 필연적으로 죽음을 향하여 있는 존재다. 그러나 크게 비관할 필요는 없다. 죽음은 삶의 순간들을 빛나게 만든다. 이런 죽음의 유용성 때문에 스티브 잡스는 "죽음이야말로 삶의 가장 위대한 발명품"이라고 했을 것이다. 살면서 죽음을 잊지 마라. 죽음을 기억하는 일은 삶을 썩지 않게 만드는 천연 방부제다.

조만간 우리 모두에게
죽음이 찾아오리라는 사실은 누구나 알고 있다.
잠잘 준비, 겨울 날 준비는 하면서
죽을 준비를 하지 않는 까닭은 무엇인가.

올바로 살지 못하며
삶의 법을 깨뜨린 사람만이
죽음을 두려워한다.

죽음에 대해 너무 많이 생각할 필요는 없다.
살면서 죽음을 기억하면 된다.
그렇게 하면 삶은 진지하고 즐거우리라.

레프 톨스토이, 《살아갈 날들을 위한 공부》, 이상원 옮김, 조화로운삶, 2007, 108-109쪽.

탐욕의 어리석음에 대하여

탐욕은 전 세계를 통틀어 가장 환상적이고 모순적인 질병이다. 이것은 끝없이 증가하는 식욕과 같으며 결코 만족할 줄 모른다. 이는 목적 없이 재산을 부풀리기만 하고 자신의 용도를 점점 잃어 간다. 교환이나 적선의 도구로서가 아닌 돈, 자신 또는 가난한 자를 먹이기 위한 것이 아닌 곡식, 형제와 자신의 옷을 짓기 위한 것이 아닌 양모, 고통받는 자들의 슬픔을 달래기 위한 것이 아닌 포도주, 때때로 우울한 분위기를 밝히는 것이 아닌 기름…… 바보들은 이러한 모든 것들을 우러러보고 화제로 삼으며 이런저런 궁리 끝에 중요성을 부여하고 놀라워한다. 그리하여 살아 있는 동안 그는 부자로 불릴지 모른다.

만일 거친 음식을 먹고 힘겹게 일하며 모욕과 불명예를 감수하는 것을 기꺼이 감수한다면 절제된 생활 속에서 필요한 것보다는 많은 돈을 벌 수 있겠지만 인공적이고 성가시며 포악한 그런 삶보다는 고결하고 조용한 가난을 택하는 편이 나을 것이다. 단순한 식단과 지나치지 않은 노동이 우선을 그를 행복하게 하고 영원한 보상을 가져다줄 것이다.

제러미 타일러, 《자발적 가난》, E.F. 슈마허 외 지음, 골디언 밴던브뤼크 엮음, 이덕임 옮김, 그물코, 2006(2003), 48-49쪽.

탐욕은 생물학적 생존에 필요한 것 이상을 원하는 것이다. 남의 몫까지 넘보고 그것을 욕심내는 것이다. 탐욕은 질병이다. 탐욕에 빠진 자는 내면에서부터 부패하기 시작하니까. 모든 부패가 그렇듯이 그것은 악취를 풍긴다. 탐욕의 악취는 멀리까지 퍼져 나가 진동한다. 다만 그 자신만 그 악취를 알아채지 못한다.

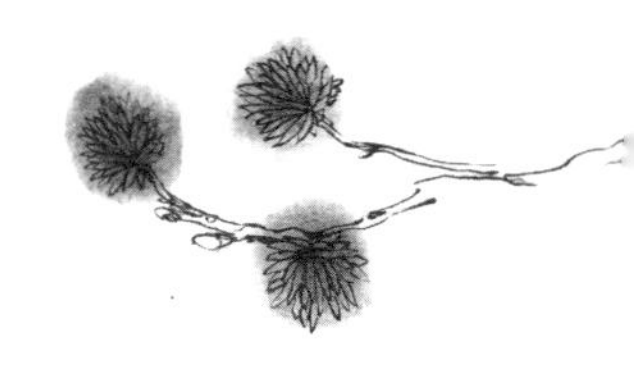

모든 날은 태어나기에 좋다면,
모든 날은 죽기에도 좋다

몸과 마음이 제대로 움직이고 정신이 멀쩡하며 모든 감각이 살아 있을 때 죽음을 맞는 인간은 행복하다. 그러나 누가 그렇게 한창 건강할 때 죽기를 바라겠는가? 해가 뜨는 것을 보고 즐거움을 느끼고, 위대한 미술품과 아름다운 음악을 감상할 능력이 있을 때 누가 죽기를 바라겠는가.

사람들은 자신이 위대한 업적을 달성할 수 없다는 것을 알면서도 희망을 잃지 않고 살아간다. 자식들이 결혼을 하고 나면 손자를 기다리고, 그다음에는 증손자 보기를 기대한다. 위대한 발견을 이루면 또 다른 발견을 바라고 또 다른 산, 또 다른 바다를 오르고 건너고 싶어 한다.

우리는 최후의 순간까지 죽음을 무시하고 희망을 붙안고 불평하면서 살아간다. 그 순간까지 우리의 삶은 두려움의 연속이다.

우리에게 필요한 것은 과연 무엇인가? 살아가는 데에 방식이 있듯이 죽는 데에도 방식이 있다.

M.V. 카마스, 《위인들의 마지막 하루》, 이옥순 옮김, 사과나무, 2005, 8-9쪽.

태어나기 좋은 날은 죽기에도 좋은 날이다. 웰다잉(행복한 죽음)과 웰빙(좋은 삶)은 다르지 않다. 그것은 이음동의어다. 정신이 멀쩡하다면 잘 죽는 방식에 대해 궁구해야 한다.

인생은 뒤돌아볼 때
비로소 이해되지만,
우리는 앞을 향해
살아가야 하는 존재다.
_키르케고르

내 마음속 풍경

나이가 들어가면, 사람이 바뀐다. 몸이야 눈에 뜨이게 바뀌지만, 마음도 많이 달라진다. 다른 점이 있다면, 몸은 점점 쇠퇴하지만, 마음은 어떤 면들에선 나아진다는 것이다. 젊은이들은 패기가 있고 늙은이들은 지혜가 있다는 얘기는 어느 사회에서나 나오는데, 일리가 있다. 나이가 들면, 기억력이나 상상력은 어쩔 수 없이 줄어들지만, 지혜라 불리는 판단력은 잘 익어가는 과일처럼 상당히 오래 지속된다.

나도 지금은 젊었을 때와 내면 풍경이 크게 다르다. 젊었을 때의 마음속 풍경은 강렬한 원색들로 가득했는데, 지금은 빛깔이 훨씬 흐릿하다. 높았던 야심의 산줄기가 낮은 언덕으로 풍화되었고, 기억의 골목마다 깨어진 꿈들의 조각들이 발길에 채인다. 아쉽게도, 득의의 기억들은 세월에 쉽게 바래지는데, 그 많은 부끄러운 기억들은 여전히 생생하다. 그래서 그런지, 나이가 들수록, 얻지 못한 사랑의 기억은 흐릿해지는데, 받아들이지 못한 사랑의 기억은 오히려 비바람을 견딘 바위 언덕처럼 오롯이 남는다. 젊었던 내 마음이 넉넉지 못했다는 사실이 점점 또렷해지면서, 부끄러움과 회한이 뒤섞여 가슴에 불그스레한 거품을 남긴다.

복거일, 《삶을 견딜 만하게 만드는 것들》, 다사헌, 2014, 19-20쪽.

젊음이 원색이라면 노경은 무채색이다. 젊음은 패기와 활력에서 돋보이지만 노경은 달관과 체념의 지혜로 원숙함에 도달한다. 젊음이 항상 옳은 것만은 아니다. 오히려 노경이 잘 익어가는 과일 같은 경륜과 원숙함으로 인해 존경을 받는다. 그러니 득의의 기억들이 바래진다고 탓할 것만은 없다. 잃는 게 있으면 얻는 것도 있는 법이다.

결혼에 대하여

그러자 알미트라는 또다시 물었다. 그러면 스승이여, 결혼이란 무엇입니까?

그는 대답했다.

그대들은 함께 태어났으며, 또 영원히 함께 있으리라.

죽음의 흰 날개가 그대들의 생애를 흩어 사라지게 할 때까지 함께 있으리라.

아, 그대들은 함께 있으리라, 신의 말 없는 기억 속에서까지도.

허나 그대들의 공존에는 거리를 두라, 천공의 바람이 그대들 사이에서 춤추도록.

뒤에서 이어집니다.

간혹 주례를 맡는 경우가 있는데, 그때마다 이 시를 읽어준다. "서로의 잔을 채우되, 어느 한편의 잔만을 마시지는 말라." "함께 노래하고 춤추며 즐거워하되, 그대들 각자는 고독하게 하라." 젊은 날엔 이 구절을 온전하게 이해할 수가 없었다. 모든 것을 함께해야만 한다고 믿었던 것이다. 사랑으로 상대를 구속하려고 했다. 이는 어리석은 짓이다. 각자의 고독 속에서 각자의 생이라는 꽃을 피워야 한다. 사랑에 단 하나의 의무가 있다면, 자신의 꽃으로 상대를 행복하게 만들어야 하는 것이다. 모든 결혼하는 이들에게 읽어주고 싶은 시다.

서로 사랑하라, 허나 사랑에 속박되지는 말라.
차라리 그대들 영혼의 기슭 사이엔 출렁이는 바다를 놓아두라.
서로의 잔을 채우되, 어느 한편의 잔만을 마시지는 말라.
서로 저희의 빵을 주되, 어느 한편의 빵만을 먹지는 말라.
함께 노래하고 춤추며 즐거워하되, 그대들 각자는 고독하게 하라.
비록 하나의 음악을 울릴지라도 저마다 외로운 기타 줄들처럼.

서로 가슴을 주라, 허나 간직하지는 말라.
오직 삶의 손길만이 그대들의 가슴을 간직할 수 있다.
함께 서 있으라, 허나 너무 가까이 서 있지는 말라.
사원의 기둥들도 서로 떨어져 서 있는 것을.
참나무와 사이프러스나무도 서로의 그늘 속에선 자랄 수 없다.

칼릴 지브란, 《예언자》, 강은교 옮김, 문예출판사, 2000(1975), 25-27쪽.

나는 모든 글 가운데
피로 쓴 것만을 사랑한다.
피로 써라.
그러면 그대는
피가 곧 정신임을
알게 되리라.
_프리드리히 니체

두 번은 없다

두 번은 없다. 지금도 그렇고
앞으로도 그럴 것이다. 그러므로 우리는
아무런 연습 없이 태어나서
아무런 훈련 없이 죽는다.

우리가, 세상이란 이름의 학교에서
가장 바보 같은 학생일지라도
여름에도 겨울에도
낙제란 없는 법.

반복되는 하루는 단 한 번도 없다.
두 번의 똑같은 밤도 없고,
두 번의 한결같은 입맞춤도 없고,
두 번의 동일한 눈빛도 없다.

뒤에서 이어집니다.

당신과 나는 두 개의 투명한 물방울처럼 다르다. 우리는 서로 달라서 그 다른 점에 매혹을 느끼고 사랑에 빠졌던 것이다. 간혹 그 다름 때문에 다툼이 생기고 그로 인해 헤어지기도 한다. 기억하라, 두 번의 똑같은 밤은 없고, 두 번의 똑같은 입맞춤도 없다. 우리는 다름 속에서 다름으로 살다가 죽는다. 그 다름에서 사랑이 싹트고 그 다름 때문에 애틋해지는 것이다.

어제, 누군가 내 곁에서
네 이름을 큰 소리로 불렀을 때,
내겐 마치 열린 창문으로
한 송이 장미꽃이 떨어져 내리는 것 같았다.

오늘, 우리가 이렇게 함께 있을 때,
난 벽을 향해 얼굴을 돌려버렸다.
장미? 장미가 어떤 모양이었지?
꽃이었던가, 돌이었던가?

힘겨운 나날들, 무엇 때문에 너는
쓸데없는 불안으로 두려워하는가.
너는 존재한다 —그러므로 사라질 것이다
너는 사라진다 —그러므로 아름답다

미소 짓고, 어깨동무하며
우리 함께 일치점을 찾아보자.
비록 우리가 두 개의 투명한 물방울처럼
서로 다를지라도…….

비스와바 쉼보르스카, 《끝과 시작》, 최성은 옮김, 문학과지성사, 2007, 34-35쪽.

대나무 잎에 쌓인 눈처럼

날이 갈수록 나는 점점 더 수월하게 활쏘기의 '위대한 가르침'을 드러내는 의식 속으로 빨려 들어가 아무 힘도 들이지 않고 의식을 치를 수 있게 되었다. 아니 더 정확히 말한다면 마치 꿈을 꾸듯 의식에 인도됨을 느꼈다. 거기까지 선생님의 예언은 입증이 된 셈이다.

그러나 활시위를 놓는 순간, 정신이 흐트러지는 것은 어쩔 수가 없었다. 최대로 활을 당긴 상태에서 기다리며 머물러 있는 일은 육체적으로 매우 힘들었다. 이내 팔의 힘이 빠지고 또 매우 고통스러워서 나는 자꾸만 자기 몰입의 상태에서 벗어났고, 자연히 활을 발사하는 일에만 온 신경이 쏠렸다.

뒤에서 이어집니다.

활을 쏘는 사람은 화살이 과녁에 명중되기를 바란다. 그러려면 활쏘기에 몰입해야 한다. 실제로 발사에 집중하면 할수록 화살은 과녁을 빗나간다. 잘못된 집중을 하기 때문이다. 집중은 생각을 많이 함이 아니다. 차라리 집중은 생각에서 자유로워짐이다. 집중은 생각의 많음이 아니라 무념무상에 드는 것이다. 무념무상에 어떤 의도도 비집고 들어설 틈이 없어야 한다. 화살은 의도 이전 자연스러운 가운데 발사되어야 한다. "마치 대나무 잎에 쌓인 눈"이 어느 순간 대나무 잎을 떠나 쏟아지듯!

“발사에 대해 생각하지 마십시오. 그러면 실패할 수밖에 없습니다!”

선생님은 나에게 충고했다.

“어쩔 수가 없습니다. 너무 힘들어서 더 이상 당기고 있을 수가 없어요.”

“당신이 진정 자신으로부터 벗어나지 못했기 때문에, 그렇게 느끼는 겁니다. 알고 보면 아주 간단한 것입니다. 어떻게 해야 하는지 보통의 대나무 잎을 보면 알 수 있습니다. 눈이 쌓이면 대나무 잎은 점점 더 고개를 숙이게 되지요. 그러다가 일순간 대나무 잎이 전혀 흔들리지 않는데도 눈이 미끄러져 떨어집니다. 이와 같이 발사가 저절로 이루어질 때까지 최대로 활을 당긴 상태에 머물러 있으세요. 간단히 말하면 이렇습니다. 최대로 활이 당겨지면, 발사가 저절로 이루어져야 합니다. 발사는 사수가 의도하기도 전에, 마치 대나무 잎에 쌓인 눈처럼 사수를 떠나가야 합니다.”

오이겐 헤리겔, 《마음을 쏘다, 활》, 정창호 옮김, 걷는책, 2012, 77-78쪽.

사랑 없는 인생

사랑이 없는 인생, 곁에 사랑하는 사람을 두지 못한 인생은 여러 에피소드가 뒤섞인 '서랍식 희극' 즉, 서랍만 잔뜩 있는 시시한 연극에 지나지 않는다. 사람들은 서랍을 차례로 하나씩 열었다 닫고 서둘러 또 다음 서랍을 연다. 설령 근사한 일이나 의미 있는 일을 찾아냈다고 해도 그 모든 일이 결코 하나의 맥락으로 이어지지 않는다.

요한 볼프강 폰 괴테, 《괴테가 읽어주는 인생》, 데키나 오사무 엮음, 김윤경 옮김, 흐름출판, 2014, 56쪽.

사랑 없는 인생이란 시시한 연극과 같다. 지루하고 뻔한 연극을 보는 게 지겹듯, 사랑 없는 인생은 시시하고 지겹다. 사랑은 삶이 주는 선물이고 단 한 번의 생이 내리는 숭고한 명령이다. 사랑하라, 그러면 인생이 기쁨과 의미로 충만해지리라.

내가 사는 공간이 곧 나 자신

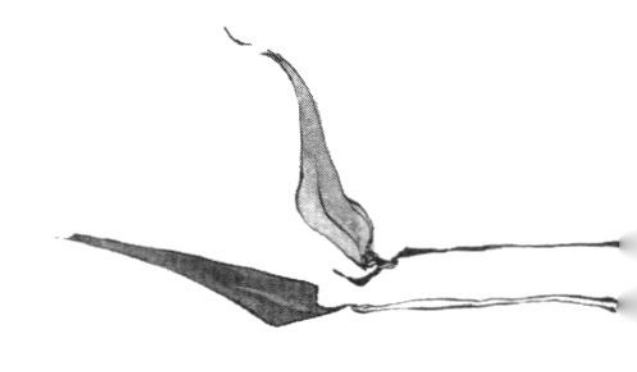

자신의 모습은 스스로 선택한 것에 의해 정해지는 경우가 많다. 그럼에도 실제로 많은 사람들은 자신에게 진정한 만족을 주는 것에 대해 확고한 취향도 선택도 없이 살아간다. 하지만 우리 자신의 내적 자아와 외적 자아 사이에 존재하는 관계를 조화롭게 풀어내려면 외부 환경이 내면 가장 깊은 곳에 자리한 열망과 부합해야 한다.

건축가와 인류학자들이 입을 모아 하는 말이 있다. 한 개인의 정신을 찍어 내는 게 바로 집이며, 인간은 자신이 사는 장소의 지배를 받는다는 것이다. 환경은 개인의 인격을 형성하고 개인의 선택에 영향을 미친다. 어떤 사람이 살고 있거나 살았던 장소를 보면 그 사람을 더 잘 파악할 수 있는 것도 그 때문이다.

도미니크 로로, 《심플하게 산다》, 김성희 옮김, 바다출판사, 2012, 34쪽.

실존에 연루된다는 점에서 '나'와 장소는 하나다. 장소가 개인의 인격을 만들고 중요한 실존의 선택에 영향을 미친다는 점에서 그렇다. 우리가 살았던 장소들은 저마다의 방식으로 현존을 제약하고 규정한다. 특히 집이 그렇다. 어떤 집에서 살았느냐에 따라서 우리는 다른 사람이 되는 것이다. 사람은 자신이 사는 장소의 지배를 받는다는 단적인 증거다. 좋은 집이란 거기 사는 이들의 꿈과 열망을 키워주는 집, 건강한 삶을 일구기에 좋은 환경을 갖춘 집, 결국 좋은 사람을 길러내는 집이다.

누구나 여행을 하고 있다.
여행이 곧 삶이다.
서로 다른 풍경 속을
사람들은
저마다의 방식으로
건너간다.
_크리스티안 생제르

아버지의
마음

바쁜 사람들도
굳센 사람들도
바람과 같던 사람들도
집에 돌아오면 아버지가 된다.

어린것들을 위하여
난로에 불을 피우고
그네에 작은 못을 박는 아버지가 된다.

저녁 바람에 문을 닫고
낙엽을 줍는 아버지가 된다.

뒤에서 이어집니다.

아버지는 저녁 바람에 문을 닫고, 마당에 떨어진 낙엽들을 치우는 사람이다. 아버지는 가장 외로운 사람들이라는 구절에서 울컥해진다. 아버지에게 자식이란 '타자화된 나'다. 아들들은 그 아버지를 보면서 자란다. 그러면서도 아들들은 아버지의 뜻을 소소하게 거스르고 아버지에게 크게 맞서고 반항한다. 나 역시 그랬다. 미숙하고 치기 어렸던 시절의 일이다. 세월이 흘러, 장년이 되니 아버지의 외로움을 조금 알 듯하다.

바깥은 요란해도
아버지는 어린것들에게는 울타리가 된다.
양심(良心)을 지키라고 낮은 음성으로 가르친다.

아버지의 눈에는 눈물이 보이지 않으나,
아버지가 마시는 술에는 눈물이 절반이다.

아버지는 가장 외로운 사람들이다.
가장 화려한 사람들은
그 화려함으로 외로움을 배우게 된다.

김현승, 《김현승 시전집》, 김인섭 엮음, 민음사, 2005, 312쪽.

“아니오”라고 말할 수 있는 용기

양심은 인간다움의 근원이며 존엄성의 바탕이기도 합니다.

양심은 가장 신성하고 거룩한 곳이기도 합니다.

양심에 따라 사람이 행동할 때, 악을 피하고 선을 행하며 스스로의 인격을 완성할 수 있습니다.

양심이 무너지면 인간이 무너집니다.

양심이 바로 설 때, 그때 인간의 모든 윤리적·도덕적 가치가 바로 설 수 있습니다.

비양심적인 곳에 진실이 있을 수 없습니다.

거짓뿐입니다.

양심의 자유는 인간의 모든 자유의 근원입니다.

모든 인권의 바탕입니다.

이렇게 양심은 인간성의 근원이요, 인간성의 발전과 완성의 바탕입니다.

뒤에서 이어집니다.

"양심의 자유는 인간의 모든 자유의 근원"이라는 말에 공감한다. 양심의 자유가 지켜지는 곳에서만 자유라는 가치도 설 수가 있다. 양심이 무뎌진 사회에서는 오직 뻔뻔함과 후안무치가 판을 친다. 그런 사회에서 인간의 존엄이 세워질 리도 없다. 그런 사회는 이미 연옥이다.

양심의 존엄성과 그 자유는 누구로부터 침해받지 말아야 합니다.

양심을 물리적 힘 또는 심리적 억압으로 침해하고 그 본성을 파괴하면 그보다 더 큰 죄악이 없습니다.

그보다 더 큰 인간 모독은 없습니다.

또 이와 같은 일이 예사로 자행되면 사회는 비인간적 사회이고, 사회 전체가 올바르게 발전할 수 없습니다.

여기에 양심의 존엄성과 그 자유가 존중되어야 할 이유가 있습니다.

김수환, 《김수환 추기경의 고해》, 김영애 엮음, 다할미디어, 2010, 157-158쪽.

그릇을
깨트리고

성공은 그릇이 가득 차는 것이고, 실패는 그릇을 쏟는 것이라고 합니다.
그러나 또 한편으로 생각하면 성공은 가득히 넘치는 물을 즐기는
도취임에 반하여, 실패는 빈 그릇 그 자체에 대한 냉정한 성찰입니다.
저는 비록 그릇을 깨트린 축에 속합니다만,
성공에 의해서는 대개 그 지위가 커지고,
실패에 의해서는 자주 그 사람이 커진다는 역설을 믿고 싶습니다.

신영복, 《처음처럼》, 이승혁 · 장지숙 엮음, 알에이치코리아, 2007, 213쪽.

그릇을 깨뜨린 사람만이 더 큰 그릇을 만들 수 있는 법이다. 큰 예술가는 작은 성공에 만족해서 그것에 머무는 법은 없다. 실패는 더 큰 성공으로 가기 위한 디딤돌이다. 더 큰 성공을 하려면 실패하고 실패하라. 실패하되 늘 더 잘 실패하려고 애써야 한다. 실패에 지지는 마라.

3

일상을 음미하게 해주는 명문장

남아 있는 것들은 언제나 정겹다

나는 다방 커피가 좋다

추운 날 청량리역 광장 시계탑에서 약속했던 여자친구를 기다릴 때, 마침내 여자친구가 와서 커피 한 잔을 자판기에서 뽑아 같이 나눌 때, 둘의 입김과 뜨거운 커피에서 모락모락 오르는 김이 서로 섞일 때, 그런 한 모금의 커피맛은 오래 기억된다. 그 여자친구가 납득 안 되는 이유로 떠났을 때에도 역시 무엇이 그 죽을 만큼 허탈한 상실감과 외로움과 억울함을 위로해 주는가. 원두커피일까? 단연코 아니다. 에스프레소도 비싸고 독하긴 하지만, 뜨겁고 달고 쓴 자판기 커피만이 그 크나큰 상실감과 외로움과 억울함을 달랠 수 있을 것이다.

뒤에서 이어집니다.

의외로 '다방 커피'를 좋아하는 사람들이 많다. 그 달달한 커피에 많은 사람들이 위안을 받는다. 자판기에서 쉽게 뽑아 먹을 수 있는 '다방 커피'는 늘 우리 곁에 있다. 죽을 만큼 외로울 때나 철야농성을 할 때도 우리 곁을 지킨 것은 '다방 커피'다.

원고를 쓸 때, 원고를 마쳤을 때, 빚을 갚았을 때, 마당의 풀을 다 베고 난 뒤에, 뱀을 잡아 개울 건너편 숲에 던졌을 때, 비가 그친 뒤에, 시립도서관에 빌린 책을 반납하고 새 책을 골라 도서관 현관을 나설 때, 헌책방에서 절판된 책이 형편없이 싼값으로 매겨져 있는 것을 찾았을 때, 자전거를 타고 한강 고수부지를 돌아다니다가 500원짜리 커피를 사 마실 때, 상습 정체구간에서 길거리 아줌마에게 한 잔 사 마실 때, 철야농성을 하다 잠시 화장실에 들렀다가 나올 때, 그럴 때 커피 한 잔은 우리를 행복하게 한다.

때로 타오르는 감정을 진정시키고, 때로 분노해야 할 일로 인해 왜 분노해야 마땅한지 정교한 분노의 논리를 세워야 할 때, 대가 없이 뇌활동을 촉진시키는 것도 커피 한 잔이다. 그때 수반되는 담배 한 모금이다. 환경운동 하는 사람들이 이런 글이나 써대는 날 보고 한심한 '놈'이라고 비웃을 생각을 하니 모골이 송연해진다.

최성각, 《날아라 새들아》, 산책자, 2009, 115쪽.

옛날 국수 가게

햇볕 좋은 가을날 한 골목길에서 옛날 국수 가게를 만났다 남아 있는 것들은 언제나 정겹다 왜 간판도 없느냐 했더니 빨래 널듯 국숫발 하얗게 널어놓은 게 그게 간판이라고 했다 백합꽃 꽃밭 같다고 했다 주인은 편하게 웃었다 꽃 피우고 있었다 꽃밭은 공짜라고 했다

정진규, 《本色》, 천년의시작, 2004, 42쪽.

골목길에는 햇빛이 곯고, 어디서 왔는지 알 수 없는 정적(靜寂)이 오글오글하다. 시간이 오래 멈춰 서 있었던 듯 거기에 '옛날'이 고스란히 있었다. 그 골목길에 간판도 없는 국수 가게가 있었다. 하얀 국숫발이 햇볕 속에서 마르고 있었다. 이 시를 처음 읽었을 때 먼저 '하얗게'라는 형용사가 눈부시게 들어왔다. 매화 흰꽃, 바람에 펄럭이는 옥양목 빨래, 조선의 달항아리, 여름 하늘의 새털구름들, 저고리 앞섶에 가려진 젊은 엄마의 젖가슴……. 이것들은 다 하얗다. 하얘서 정겹고 서글프다. 하얀 것들은 빨리 더러워지고, 빨리 사라지는 까닭이다. 내 안이 평화와 기쁨으로 충만해서 바깥 삶도 더불어 고요했을 때 아내의 손을 잡고 '옛날의 국수 가게'로 국수를 한 그릇씩 사 먹으러 가곤 했었다. 얼굴에 기미가 낀 아내의 배 속에는 어린것이 자라고 있고, 골목길 한 뼘 화단에는 파꽃이 하얗게 피어 있곤 했었다. 그때는 내 삶의 안쪽도 하얘서 오동꽃 지는 저녁이나 빗소리 몇 줄 귀를 밝히는 새벽녘에는 아무 이유도 없이 가슴이 아리고 눈시울이 붉어지곤 했었다.

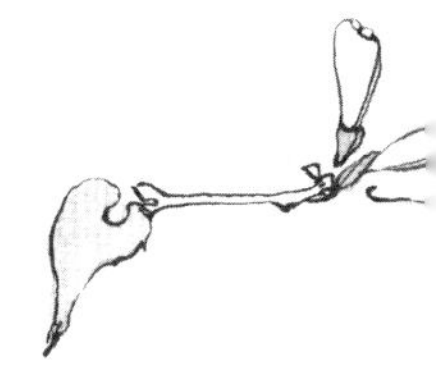

사계절의 멋

봄은 동틀 무렵. 산 능선이 점점 하얗게 변하면서 조금씩 밝아지고, 그 위로 보랏빛 구름이 가늘게 떠 있는 풍경이 멋있다.

여름은 밤. 달이 뜨면 더할 나위 없이 좋고, 칠흑같이 어두운 밤에도 반딧불이가 반짝반짝 여기저기에서 날아다니는 광경은 보기 좋다. 반딧불이가 달랑 한 마리나 두 마리 희미하게 빛을 내며 지나가는 것도 운치 있다. 비 오는 밤도 좋다.

가을은 해질녘. 석양이 비추고 산봉우리가 가깝게 보일 때 까마귀가 둥지를 향해 세 마리나 네 마리, 아니면 두 마리씩 떼 지어 날아가는 광경에는 가슴이 뭉클해진다. 기러기가 줄을 지어 저 멀리로 날아가는 광경은 한층 더 정취가 있다. 해가 진 후 바람 소리나 벌레 소리가 들려오는 것도 기분 좋다.

겨울은 새벽녘. 눈이 내리면 더없이 좋고, 서리가 하얗게 내린 것도 멋있다. 아주 추운 날 급하게 피운 숯을 들고 지나가는 모습은 그 나름대로 겨울에 어울리는 풍경이다. 이때 숯을 뜨겁게 피우지 않으면 화로 속이 금방 흰 재로 변해버려 좋지 않다.

세이쇼나곤, 《마쿠라노소시》, 정순분 옮김, 지식을만드는지식, 2012, 19-20쪽.

세이쇼나곤은 일천 년 전 일본의 궁녀였다. 이 궁녀는 뛰어난 문필가였다. 무엇보다도 사물과 계절, 인간관계에 대한 투명한 응시와 청신한 감각이 뛰어난 사람이다. 그 재능을 고스란히 펼쳐 보인 책이 《마쿠라노소시》다. 세이쇼나곤은 궁녀의 삶과 그 삶을 감싼 시대의 풍속, 그리고 교양과 정념이 혼재된 삶을 재기발랄한 문체로 썼다. 이 책을 읽은 것은 행운이다. 나는 이 책을 머리맡에 두고 여러 번에 걸쳐 읽었다.

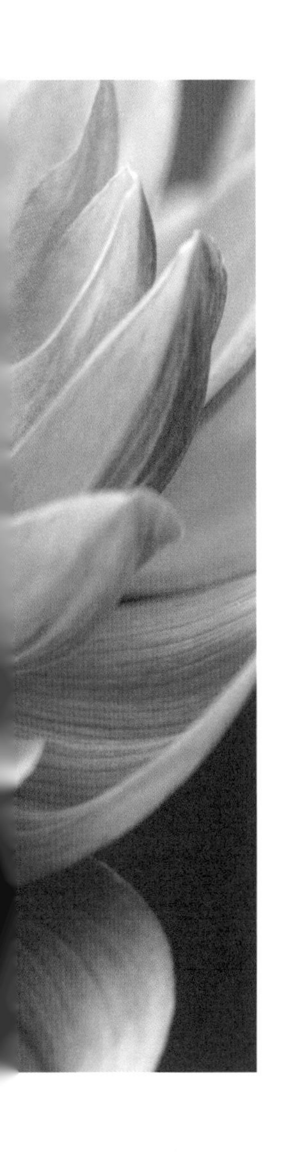

인생은 우리가
숨 쉬는 횟수가 아니라
숨 막힐 정도로
멋진 순간으로
평가된다.
_마야 안젤루

콩나물
삶는 냄새

유년의 풍경 중에 가장 인상적인 장면은 할머니와 내가 콩나물을 삶아 먹었던 일이다. 나는 거의 할머니랑 둘이 놀았다. 새벽 다섯 시 정도가 되면 어머니, 아버지는 들일을 나가고, 일곱 시 정도가 되면 누이들이랑 형은 학교에 갔다. 나는 아직 초등학교에 다니지 않아 자연히 할머니와 둘이 집을 지키는 신세가 되었다. 그러다 보니 어린 나보다 지능이 높지는 않을 치매에 걸린 할머니와 자주 싸웠다. 먹을 것이 없는 집이라서 주로 어머니가 삶아 놓고 간 감자나 고구마를 두고 누가 하나라도 더 먹는가로 싸웠다.

그러던 어느 날 잠에서 깨니 밖이 환했다. 부엌에서 콩나물 삶는 냄새가 났다. 할머니가 가마솥에 콩나물 시루를 통째로 삶고 있었다. 나는 할머니가 콩나물 삶는 모습을 가마솥 옆에 앉아 물끄러미 바라보았다. 아궁이의 불 속에 타오르는 뜻 모를 슬픔, 할머니와 나는 서로의 입 속에 콩나물을 하나씩 넣어주었다. 할머니 하나, 나 하나. 할머니 둘, 나 둘. 아궁이에 타오르는 불빛과 서로의 얼굴에 흐르던 따뜻함은 지금도 내 마음속에 지워지지 않는 풍경으로 남아 있다.

박형준, 《저녁의 무늬》, 현대문학, 2003, 85-86쪽.

치매 할머니와 어린 손자가 먹을 것을 두고 다툰다. 이 다툼은 먹을 것을 두고 으르렁거리는 동물의 싸움과 닮아 있다. 원색적인 싸움이다. 어느 순간 두 사람은 서로의 입에 콩나물을 하나씩 넣어준다. "할머니 하나, 나 하나. 할머니 둘, 나 둘." 이것은 평화의 노래, 사랑의 노래다. 이 노래를 덥히는 것은 아궁이에서 타오르는 불빛!

월요일 아침

월요일 아침, 새 책을 펼친다. 통근 전철 안이다. 새 책은 월요일 아침에 가장 잘 어울린다. 책 속에는 새로운 사람들이 있고 새로운 풍경이 있다. 지금까지 몰랐던 관계성의 세계가 있다. 그 한 권의 책은 집으로 돌아가는 전철 안에서도 읽고, 집에 돌아가 내 방 안에서도 읽고, 그렇게 해서 주말까지는 다 읽는다. 다시 말해 내 독서는 주 단위이다. 일주일에 한 권, 따라서 한 달에 네다섯 권 정도를 읽게 된다.

특별히 일주일에 한 권 읽기로 정해 놓은 것은 아니다. 하루에 세 번 식사하는 것이 딱 정해진 일이 아닌 것과 같은 이치이다. 시간이 돌고 돌아 아침에서 낮으로, 다시 어스름한 저녁으로 옮겨가는 것처럼, 한 권의 책을 새로운 주가 시작될 때 읽기 시작하여 요일이 돌아 한 주가 끝나는 지점에 다 읽는 것이 내 생활에 익숙해져 있을 뿐이다. 정말 그뿐이다.

뒤에서 이어집니다.

책을 읽는 것은 우리를 여러 겹의 삶으로 인도한다. 일회적 생의 한계를 뛰어넘게 만든다는 것이다. 책 읽기는 무지를 지식으로, 어리석음을 지혜로 바꾸는 마술이다. 그러나 많은 사람들이 책 읽을 시간이 부족하다고 하소연한다. "읽는 양과 속도는 사람마다 다르다." 야마무라 오사무라는 분은 조금씩이라도 읽으라고 권면한다. 날마다 조금씩! 5분이나 10분이라도 괜찮다. 그게 모이면 한 주에 한 권씩을 읽게 되고, 한 해에 50권 이상을 읽을 수 있다.

읽는 양과 속도는 사람마다 다르다. 표준적인 척도가 있는 것은 아니다. 물론 다독가들의 독서량에서 보면 일주일에 한 권이라는 것은 말도 안 되는 이야기일 터이다. 스기우라 민페이는 나이가 들고 병 등으로 체력이 쇠약해져서, 결국 한 달에 1만 쪽, 즉 권수로 해서 '평균 34~35권 내지 38~39권'을 단념하고 새로이 '한 달에 열 권 이상'이라는 할당량을 정했다. 이제 곧 일흔 살이 되어갈 무렵의 일이었다. 이것과 비교해 보아도 내 분량은 그 절반 정도밖에 안 된다.

그러나 일주일에 몇 권, 한 달에 몇 권, 일 년에 몇 권 읽으면 표준이고 그 이상은 다독, 그 이하는 과독(寡讀)에 해당한다는 말도 아니다. 누구나 자기 생활에 고유한 시간의 사이클이 있게 마련이다. 생활의 시간 사이클에 의해 책을 읽는 방법은 저절로 형태를 갖추게 된다. 생활보다 먼저 독서가 있고 생활이 그 뒤를 좇아가는 것이 아니다.

엔도 류키치는 생활의 어떤 일보다 독서를 우선시키는 사람이었다. 그런데 엔도 류키치는 자신의 저서인 《독서법》에 "밤에서 아침으로 걸치자"라고 쓰고 있다. 책상에 앉아 책을 읽고, 자려고 할 때는 베개 위에 책을 놓고서 그 펼친 쪽을 가만히 바라보는 것이 좋다. 전등을 끄고 책을 덮었다면 그 책에 대해 생각하자. 이내 졸음이 와 잠이 들고 말지만, 다음 날 아침 눈을 뜨면 곧바로 그 책을 다시 펼쳐 읽자. 그것이 "밤에서 아침으로 걸치자"의 의미이다.

야마무라 오사무, 《천천히 읽기를 권함》, 송태욱 옮김, 샨티, 2003, 118-119쪽.

가을 낮
마법의 길에서

가을은 유난히 시간의 흐름이 빠르게 느껴지는 계절이다. 황금 햇살과 푸른 하늘, 단풍과 낙엽이 힘겹게 얻어지는 것과는 달리 너무 쉽게, 아쉽게 단숨에 사라져 버리는 듯한 느낌을 주는 것이다. 그래서 허기가 자주 지는 것일까?

대략 스무 해 전부터 가을만 되면 내가 들르는 식당이 있다. 가을 햇살이 유난히 강한 강화도의 비빔국수집이다. 가을과 비빔국수를 찾아가는 여행길은 이렇다. 신촌에서 시외버스를 타고 강화 버스터미널에서 내려 버스 뒤쪽, 그러니까 북쪽으로 스무 걸음쯤 걸어가서 왼쪽으로 서너 걸음 이동해서 보면 김이 뿜어져 나오는 가파른 지하계단 입구와 맞닥뜨린다. 그 안으로 들어가면 오른쪽으로 무엇인가 끓고 있는 솥들이 보이고 낡은 탁자 예닐곱 개가 있는 지하가 나타난다. 늦가을에 딱 알맞게 따뜻한 국물을 곁들여 김이 듬뿍 뿌려진 비빔국수를 먹고(세 계절이나 기다려온 까닭에 곱빼기를 주문한다) 나와서는 다시 전등사로 가는 버스를 탄다. 전등사 입구의 산길을 기웃거리다가 몸을 돌려 초지진까지 몇 킬로미터인지 재본 적이 없는 길을 설렁설렁 걸어간다.

뒤에서 이어집니다.

강화의 가을이 그토록 의젓하고 황홀한가? 바다와 햇빛이 어우러져 황금빛 가루가 쏟아진 듯하다는 가을의 강화를 보러 가야겠다. 강화의 비빔국수는 여행의 기쁨에 얹어지는 고명이요 덤이다. 따뜻한 국물이 곁들여 나온다는 그 비빔국수를 맛보고 싶다.

봄은 동쪽에서 오고 가을은 서쪽으로
갈수록 깊어지다가 바다로 가버리는데
이래서 한반도의 서쪽을 대표하는 강화의
가을이 유난히 의젓하고 황홀한 것이다.

내 생각에 봄은 동쪽에서 오고 가을은 서쪽으로 갈수록 깊어지다가 바다로 가버리는데 이래서 한반도의 서쪽을 대표하는 강화의 가을이 유난히 의젓하고 황홀한 것이다. 황금빛 가루가 잘게 부서져 내리는 듯한 길 위에 빨간 고추들이 마르고 있고 코스모스, 또 코스모스처럼 예쁜 아이들이 바람에 흔들거리며 서 있거나 어디론가 가고 있다. 한가하고 때로 지나치게 아름다워서 가벼운 슬픔의 습격에도 신음이 새나오는 부드러운 살결 위를 걷는 듯한 시간이 지나면 개펄을 향해 청동빛 대포를 겨누고 있는 초지진에 도착한다. 거기서 바다와 햇빛의 비린내 나는 향연을 훔쳐보다 보면 강화 버스터미널로 가는 버스가 온다. 저물 무렵에 휘청거리는 길을 따라가는 버스를 타고 터미널로 돌아온다. 그리고 또 비빔국수. 이번에는 내년 가을까지의 추억을 위한 곱빼기다. 양이 그리 많지 않은 나인데도 하루에 두 번씩이나 곱빼기를 먹는 건 거의 모험이나 다름없지만 수십 년 동안 한 번도 탈이 난 적은 없다.

성석제, 《소풍》, 창비, 2006, 165-166쪽.

호미 예찬

내가 마당에서 흙 주무르기를 좋아한다는 걸 아는 친지들은 외국 나갔다 올 때 곧잘 원예용 도구들을 선물로 사오곤 한다. 모종삽, 톱, 전지가위, 갈퀴 등은 다 요긴한 물건들이지만 너무 앙증맞고 예쁘게 포장된 게 어딘지 장난감 같아 선뜻 흙을 묻히게 되지를 않았다. 그래서 전지가위 외에는 거의 다 사용해보지 않고 다시 선물용으로 나누곤 했다.

내가 애용하는 농기구는 호미다. 어떤 철물전에 들어갔다가 호미를 발견하고 반가워서 손에 쥐어보니 마치 안겨오듯이 내 손아귀에 딱 들어맞았다. 철물전 자체가 귀한 세상에 도시의 철물전에서 그걸 발견했다는 게 마치 구인을 만난 것처럼 반갑고 감동스러웠다. 호미는 남성용 농기구는 아니다. 주로 여자들이 김맬 때 쓰는 도구이지만 만든 것은 대장장이니까 남자들의 작품일 터이나 고개를 살짝 비튼 것 같은 유려한 선과, 팔과 손아귀의 힘을 낭비 없이 날 끝으로 모으는 기능의 완벽한 조화는 단순 소박하면서도 여성적이고 미적이다. 호미질을 할 때마다 어떻게

뒤에서 이어집니다.

호미는 단순하고 소박한 노동의 도구다. 손아귀에 딱 맞게 들어오는 호미! 작가는 호미의 "유려한 선과, 팔과 손아귀의 힘을 낭비 없이 날 끝으로 모으는 기능"에 감탄하고, 도구적 완벽성에 거듭 감탄한다. 늘 쓰는 도구지만 들여다보면 볼수록 몰랐던 일면들이 드러나며 우리를 놀라게 한다. 이 놀라움은 도구의 새로운 일면, 즉 야생적인 근본의 발견에 대한 감탄으로 이어진다. 실은 호미 예찬은 도구 예찬이자 노동 예찬이다. 노동 예찬은 이것이 다름 아닌 우리 삶을 새롭게 세우는 근본이기 때문이다.

이렇게 잘 만들었을까 새롭게 감탄하곤 한다. 호미질은 김을 맬 때 기능적일 뿐 아니라 손으로 만지는 것처럼 흙을 느끼게 해준다. 마당이 넓지는 않지만 여기저기 버려진 굳은 땅을 씨를 뿌릴 수 있도록 개간도 하고, 거짓말처럼 빨리 자라는 잡초들과 매일매일 네가 이기나 내가 이기나 보자고 싸움질도 하느라 땅 집 생활 6, 7년에 어찌나 호미를 혹사시켰던지 작년에 호미 자루를 부러뜨리고 말았다. 대신 모종삽, 가위 등을 사용해보았지만 호미의 기능에는 댈 것도 아니었다. 다시 어렵게 구한 호미가 스테인리스로 된 호미였다. 기능은 똑같은데도 왠지 녹슬지 않는 쇳빛이 생경해서 정이 안 갔다. 그러다가 예전 호미와 같은 무쇠 호미를 구하게 되었고, 젊은 친구로부터 날이 날카롭고 얇은 잔디 호미까지 선물로 받아 지금은 부러진 호미까지 합해서 도합 네 개의 호미를 가지고 있다. 컴퓨터로 글 쓰기 전에 좋은 만년필을 몇 개 가지고 있을 때처럼이나 대견하다.

박완서, 《호미》, 열림원, 2014(2007), 52-53쪽.

삶은 돌이킬 수 없는
단 한 번의 위대한 실험

4 생각을 열어주는 명문장

대추 한 알

저게 저절로 붉어질 리는 없다.
저 안에 태풍 몇 개
저 안에 천둥 몇 개
저 안에 벼락 몇 개

저게 저 혼자 둥글어질 리는 없다.
저 안에 무서리 내리는 몇 밤
저 안에 땡볕 두어 달
저 안에 초승달 몇 날

장석주, 《붉디붉은 호랑이》, 애지, 2005, 107쪽.

여름에 이루어지는 이별의 예식은 짧아야 한다. 여름은 짧기 때문이다. 여름의 그 싱싱한 빛들은 다 어디로 가버렸을까? 빨리 끝나버린 계절의 끝에서 우리는 하얗게 작열하던 여름의 빛을 그리워한다. 하지와 추분 사이에서 황국과 뱀들의 전성시대가 덧없이 끝날 때 나무들은 제 발등 아래 유순한 그림자들을 키운다. 뜰 안 대추나무 가지마다 매달린 대추들에는 붉은빛이 감돈다. 가을이 깊어지며 야무지게 굵어진 대추 한 알마다 전하는 저절로 무르익는 것은 아무것도 없다는 진리는 그 윤곽이 또렷하다. 곧 동지의 밤이 서리와 초빙과 첫눈을 몰고 온다.

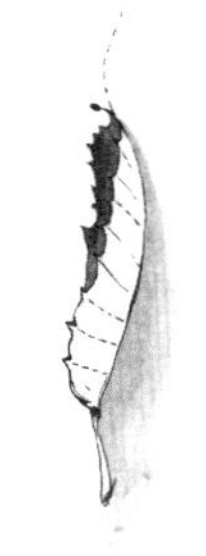

천천히, 느리게,
있는 그대로

워낙 게으름을 타고나서 늘 빈둥거리며 사는 이들은 드물다. 사람들은 게으름을 피우는 시간과 일하는 시간을 뒤섞기 일쑤다. 중요한 것은, 이 두 가지가 합쳐진 채 아무것도 하지 않고 내장 깊숙이 가라앉았다가 그득 차서는 이윽고 살점 한 조각이 된다는 것이다.

마치 맛있는 음식을 먹은 다음, 몸속의 소화 기관이 활발히 움직여서 우리가 의식하지 않을 수 없는 그 순간에 있는 것처럼, 그리하여 가장 긴 내장의 리듬에 따라 우리가 사는 순간에 있는 것처럼 말이다.

두 시간이나 세 시간 동안 우리는 맛있게 뭘 먹고 마신다. 그것은 아직 우리의 몸속에 있다. 그러다가 살이, 우리 살의 한 부분이 된다. 잠도 그러한 음식과 견주어 볼 만하다. 그렇기는 하나 게으른 사람들의 잠이 언제나 다 같은 것은 아니다. 잠은 어떤 믿음을 필요로 한다. 나는 어둠 속에 빠져 들었다가 다시 깨어날 것이기 때문이다. 그러니까 나는 이 세상을, 내 몸을, 내 마음을 믿는 셈이다.

뒤에서 이어집니다.

게으름을 수많은 악행의 샘이자 원천이라고 비난하는 것은 옳지 않다. 게으름이야말로 "슬기로움이나 너그러움의 한 형태"이기 때문이다. 열심히 일하라! 그리고 한껏 게으름을 누려라!

게으르다는 것은 있는 그대로
내버려 둔다는 것이다. 그것은
슬기로움이나 너그러움의 한 형태다.

게으르다는 건 느즈러질 대로 느즈러져서 절대로 아무것도 하지 않는다는 것하고는 다르다. 마치 극장에서 공연이 없는 날을 '공연 안 하는 날'이라고 하기보다 '공연 쉬는 날'이라고 하듯이. 우리는 저마다 사회라는 극장 또는 무대의 배우다. 우리도 때때로 휴식이, 다시 말해 쉬는 것이 필요하다. 그렇지 않다면, 공연은 주변 사람들을 지치게 할 것이고, 우리 스스로도 지치게 할 것이다. 그러나 우리는 휴식 시간이나 여가 시간이 있어도, 이를테면 일요일에도 계속 움직인다. 심지어 평일보다 더 열중해서 움직이기도 한다.

(……)

말하자면, 게으르다는 것은 있는 그대로 내버려 둔다는 것이다. 그것은 슬기로움이나 너그러움의 한 형태다. 물러났다가 세상으로 다시 돌아와야 한다. 이러한 삶의 방식은 한가로이 거닐기, 남의 말 들어 주기, 꿈꾸기, 글쓰기 따위처럼 사람들이 별로 소중하게 여기지 않는 버려진 순간에 깃들여 있다.

피에르 쌍소, 《게으름의 즐거움》, 피에르 쌍소 외 지음, 함유선 옮김, 호미, 2003, 11-14쪽.

인생

생활의 끝자락에 잠이 있다. 잠에서 깨어나는 순간 세상은 새롭게 시작된다. 우리는 하루하루 새로운 세상을 만나거나 만들어간다. 그것이 인생이다.

헨리 데이비드 소로, 《고독의 즐거움》, 양억관 옮김, 에이지21, 2013, 178쪽.

속눈썹에 내려앉는 잠은 신이 인간에게 내려주는 축복이고 선물이다. 호메로스에 따르면 잠은 그 자체로 하나의 신이다. 호메로스는《오디세이아》에서 "울고 있는 페넬로페의 눈꺼풀 위에 빛나는 눈의 아테네가 달콤한 잠을 내려주었다."라고 쓴다. 밤마다 쉬이 잠드는 사람은 행복하고, 불면으로 고통을 당한다면 불행한 사람이다. 인생은 두 개의 본질, 즉 잠과 생활로 이루어진다.

고속도로 위의 야생화

우리가 일상적으로 만나는 작은 것의 힘 그리고 하찮은 것 속에 담긴 소중한 의미. 풀숲에서 우는 작은 벌레 소리는 들을 수 있어도 지구가 회전하는 거대한 그 굉음은 누구도 듣지 못한다. 이 괴이한 현상, 생명이나 죽음에게도 소리가 있다면 아마 그럴 것이다.

뒤에서 이어집니다.

생명을 부양하는 것은 숭고한 일이다. 그것은 무엇보다 앞서는 제일의적 가치이기 때문이다. 현실과 역사는 절망할 수 있지만 생명은 그럴 수 없다. 생명은 절대 가치이기 때문이다. 모든 구원의 궁극이 생명 구원으로 귀착하는 것도 생명이 절대 가치라는 사실을 증명한다. 산 것들은 그 환경이 아무리 곤핍하더라도 기필코 살아야 한다. 우연히 발견한 "고속도로의 아스팔트 틈 사이에서 꽃을 피운 풀 한 포기"의 감동은 바로 거기에서 연유한다.

고속도로를 달리다 보면 사람이 숨졌을지도 모를 교통사고 현장을 보게 된다. 그런데도 우리는 그냥 질주한다. 충격을 받는다 해도 그것은 생명에 대한 깊은 사려(思慮)는 아닐 것이다. 더더구나 사자(死者)에 대한 애도는 아니다.

하지만 어떤가. 금이 간 고속도로의 아스팔트 틈 사이에서 문득 풀 한 포기가 꽃을 피우고 있는 것을 보았다면 그냥 못 본 체 지나칠 것인가. 생명이란 것이 무언지. 저리도 모질고 아름다운지에 대해 가슴이 뜨거워질 것이다. 소란스럽고 척박한 길바닥 그 많은 바퀴의 위협 속에서도 용케 비집고 나온 작은 생명, 그 아슬아슬한 모험 앞에서 당신의 질주는 잠시 멈출지 모른다. 마음속에서라도 말이다.

인간보다 식물을 더 사랑해서가 아니다. 하잘것없는 야생화가 그동안 내 굳은살 속의 생명을 만질 수 있게 한 것이다. 언제 떨어졌는지도 몰랐던 단추 자국처럼 흔적만 남은 우리들 생명으로 눈이 간다.

이어령, 《생명이 자본이다》, 마로니에북스, 2014, 58-59쪽.

최고의 날들은
아직 살지 않은 날들.
가장 넓은 바다는
아직 항해되지 않았고
가장 먼 여행은
아직 끝나지 않았다.
_나짐 히크메트

새봄이 일어서고 있다

내가 좋아하는 선가(仙家)의 말 중에 '살아도 온몸으로 살고 죽어도 온몸으로 죽어라'라는 말이 있다. 나는 병원에서 환자복으로 갈아입는 순간부터 병을 받아들이고 온몸으로 환자로 살겠다고 마음의 준비를 했다. 일체 사람 만나는 것을 거부하고 환자로서의 장전(章典)을 선포했다. 아내와 아들 내외를 빼놓고는 형과 누나, 심지어 딸아이에게도 알리지 않았다. 몇몇 후배들이 병원을 찾아왔을 뿐 그 이외에는 일체 알리지 않도록 신신당부했다.

뒤에서 이어집니다.

병은 우환이고 불운이며, 그 본질은 생명이 품은 불모성이다. 그 불모성이 더는 커질 수 없을 때까지 커진 게 바로 죽음이다. 생명이 꽃, 미소, 여자와 같이 말랑말랑한 것이라면, 병은 생명의 무구(無垢)함과 순수를 삼키고, 말랑말랑한 기쁨들을 앗아가며, 결국 존재를 메마르고 딱딱함, 즉 경화(硬化)에 이르게 한다. 투병이 죽음에 이르는 도정이라는 사실 인식이 우리를 고통에 빠뜨린다. 병은 낡고 망가진 몸에서 신생(新生)으로의 탈주가 아니다.

나는 병이 사람을 죽이지는 않는다고 생각한다. 사람을 죽이는 것은 오직 죽음일 뿐. 병은 죽음으로 가는 과정에 지나지 않는다. 철학자 키르케고르의 그 유명한 《죽음에 이르는 병》처럼 사람은 누구나 태어난 순간부터 죽음에 이르는 병을 앓기 시작하는 환자인 것이다. 그러므로 환자 스스로 자기 병에 대해 연민의 정을 느낄 필요도 없으며, 주위 사람들도 환자에게 용기와 위로를 주면 그만이지 지나친 호기심을 갖거나 쓸데없는 호사가적 참견을 할 필요는 없는 것이다.

"병원에 오니까 참 아픈 사람들이 많지요?"

지난여름 하루에 한 번씩 방사선 치료를 받으러 병원에 갔을 때 치료사가 내게 지나가는 말을 했다.

나는 지금까지 병원에 갈 때마다 병원은 자주 갈 데가 못 되는 재수 없는 곳, 운이 나쁜 사람들이나 가는 저주받은 곳, 전염병에 걸린 사람들이 격리된 감옥과 같은 수용소로 생각해왔다. 그러나 내가 막상 환자로서 병원을 출입하게 되니 그 치료사의 말처럼 아아, 세상에는 참 병으로 고통받는 사람들이 많구나 하는 느낌을 받았다. 그래서 나는 병실에서, 복도에서 환자들을 만나면 가슴속 깊이 칼로 찌르는 것과 같은 고통을 느끼며 절로 울면서 고개를 숙이고 다니곤 했다.

최인호, 《최인호의 인생》, 여백, 2013, 180-181쪽.

시간은 어떻게 돈이 되었나

시계가 아직 발명되지 않았던 시절, 사람들은 아주 평안한 삶을 살았던 게 틀림없다. 수천 년의 세월 동안 인류는 낮과 밤의 바뀜, 계절의 변화, 사냥철과 추수 시기 등 자연적인 리듬에 맞춰 생활했다. 시간은 초나 분 단위로 냉혹하리만치 정확하게 왔다가 사라지는 돌이킬 수 없는 것으로 이해되지 않았으며, 그저 평화로운 흐름일 뿐이었다. 사람들은 이 흐름에 맞춰 유연하며 너그럽게 살았다.

그러나 최초의 문명들이 생겨나면서 상황은 달라졌다. 갈수록 복잡해지는 사회생활을 앞뒤 순서에 따라 정리하기 위해 인류는 처음으로 정확한 시간관을 가질 필요를 느꼈다. 이렇게 해서 약 5000년 전 고대 이집트에서 첫 달력이 등장했으며, 1년은 365일로 나뉘었다.

거의 같은 시기에 오늘날 우리가 알고 있는 돈의 전신이 출현했다. 국가라는 복잡한 조직이 매끄럽게 돌아가기 위해서는 교환 내지는 지불 수단의 가치를 시간관처럼 정확히 다듬어야 했다.

뒤에서 이어집니다.

시간은 실체가 아니라 상징이고 관념이다. 시간은 자연현상이 아니라 인공에 의한 문명현상이다. 시간을 초, 분, 시간, 날, 주, 달, 해로 구분하며 측정하기 시작한 것은 인간의 필요에 의한 발명인 것이다. 시간은 인간의 "집단의식에 깊은 뿌리"를 내리고 있다. 한편으로 시간은 생명계의 질서이고 리듬이며 약동이다. 나이테, 꽃의 피고 짐, 생몰연대, 화석들, 오래되어 수명을 다한 별들의 마지막 한숨…… 이런 것들에서 시간의 파동은 감지된다. 우리 안에서 시간은 들끓는다. 우리가 살아 있는 게 아니라 시간이 살아 있는 것이다. 삶이란 시간의 흐름에 얹힌 채 어디론가 흘러가는 것일 뿐!

우리는 흔히 시간을 절대적인 것으로
받아들이지만, 사실 시간은 사회적 관습에
기반을 둔 약속에 지나지 않는다

오늘날 우리가 너무도 당연한 것으로 여기는 관습들이 처음으로 생겨난 것도 그 때부터다. 예를 들어 일주일이 이레를 갖게 된 것은 바빌로니아 사람들 덕택이다. 이들은 육안으로 확인한 천체의 별들에 따라 각 요일에 이름을 붙였다(해, 달, 화성, 수성, 목성, 금성, 토성). 시간과 분을 각각 60개의 부분을 갖는 것으로 만든 것 역시 티그리스 강과 유프라테스 강 사이에 살던 사람들이 60진법을 기초로 계산을 했기 때문이다. 그러니까 당시의 셈법은 10진수가 아닌 60진수였다. 그런 다음 우리는 다시 모든 논리의 단위를 '10' 단위로 나누었다. 이를테면 1초를 10분의 1, 100분의 1, 1000분의 1 하는 식으로 표시한 것은 아랍의 10진법 덕분이다.

이런 예에서 분명하게 드러나듯 우리의 시간 개념에는 상당히 자의적인 성격이 포함돼 있다. 우리는 흔히 시간을 절대적인 것으로 받아들이지만, 사실 시간은 사회적 관습에 기반을 둔 약속에 지나지 않는다. 헬가 노보트니는 시간을 다음과 같이 정의한다. "시간은 인간 사회 집단이 서로 조정하고 의미를 부여하려고 만들어낸 상징으로, 그만큼 집단의식에 깊은 뿌리를 내리고 있다." 그래서 어떤 사회가 복잡하면 복잡할수록 그 시간 리듬은 그만큼 더 정확해지고 단위가 촘촘해진다.

울리히 슈나벨, 《행복의 중심, 휴식》, 김희상 옮김, 걷는나무, 2011, 174-175쪽.

철학과 마주한 죽음

죽음은 우리 모두에게 닥칠 것이 분명하며, 언젠가 나에게도 현실화될 것이라 짐작한다. 내가 죽는 순간부터 더 이상 나는 존재하지 않는다. 적어도 현재의 존재 형태로는 더 이상 머무르지 않는다.

죽음은 타인이 대신할 수 없는 개별적 인간의 고유한 사건이며, 지극히 개인적인 사건이다. 나의 삶을 타인이 대신 살아줄 수 없듯이 나의 죽음도 나의 것일 수밖에 없다. 나의 삶과 결코 별개일 수 없는 것이 나의 죽음이 아닌가. 이러한 죽음의 문제를 우리는 과연 어떻게 풀어갈 것인가?

구인회, 《죽음에 관한 철학적 고찰》, 한길사, 2015, 17쪽.

죽음의 수수께끼는 그것을 직접 경험으로 한 번도 겪을 수 없다는 점에서 생겨난다. 죽음에 대한 우리 경험은 모두 다 타인의 죽음에서 온 것들이다. 죽음은 직접적인 경험으로 체화되지 않은 채 끝내 낯선 것으로 남는다. 그래서 죽음은 늘 생명 바깥에서 서걱인다. 생명의 우연과 죽음의 우연은 항상 조응한다. 삶은 죽음의 바다 위에 뜬 섬이다. 삶이 "돌이킬 수 없는 단 한 번의 위대한 실험"(헨리 데이비드 소로)이라면, 죽음은 무에서 왔다가 무로 돌아가는 것이다. 생명의 파동은 그 안쪽 내밀한 곳에 죽음을 품고, 죽음은 생명 파동을 품는다. 몸의 시간에 깃드는 충만과 결핍, 고통과 기쁨은 삶과 죽음이라는 순환 속에 스민 파동일 뿐이다.

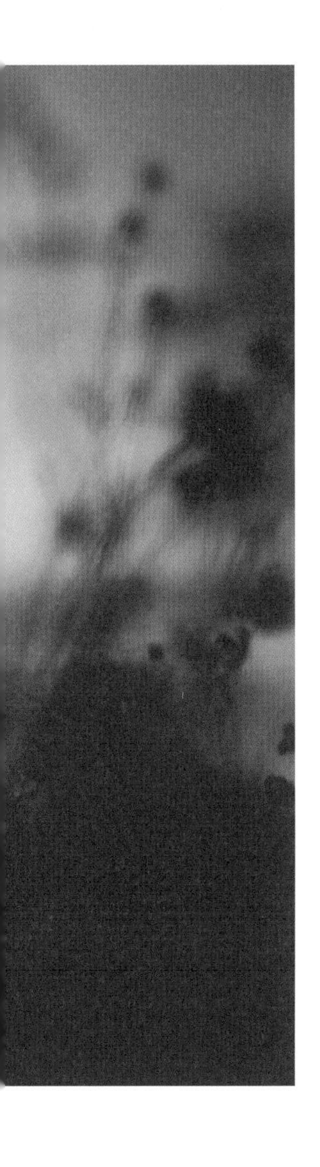

이건 시간의 눈
일곱 빛일까 눈썹 아래서
곁눈질을 한다
그 눈꺼풀은 불로 씻기고
그 눈물은 김이다.
_파울 첼란

지금, 작은 집이 주목받고 있다

나는 스물일곱 살에 '땅도 있고 집도 있는' 사람이 되었다. 승자의 무리 중에서도 승자가 된 것이다. 내가 구입한 땅은 도심에서 오토바이로 반나절 정도 걸리는 잡목림 안에 있다. 10만 엔이 채 되지 않는 돈으로 세 평 정도의 오두막을 직접 짓고서 거리낌 없는 나날을 보내고 있다.

집세나 대출이 없고, 고정자산세도 내지 않는다. 필요한 전력은 태양열 집열판이 반영구적으로 공급해준다. 음식물 쓰레기나 사용한 물은 텃밭으로 돌려보내면 되니 거창한 하수 시설도 필요 없다. 쓸 수 있는 전력이나 공간이 제한돼 있기 때문에 쓸데없는 물건을 살 일도 많지 않다. 식비 등의 사소한 지출을 포함해 월 2만 엔만 있으면 넉넉하게 지낼 수 있다.

어쩌면 이러한 나의 생각이나 생활방식을 모범적이라 말할 수 없을지도 모른다. 하지만 이토록 작고 소박한 라이프스타일일지라도 주체적으로 잘만 꾸려나간다면, 안정된 수입이 보장된 길을 억지로 기어가지 않고도 좀 더 여유롭게 자신이 하고 싶은 일을 하면서 행복하게 살아갈 수 있으리라 믿는다.

뒤에서 이어집니다.

큰 집은 부와 위세의 상징이다. 하지만 큰 집은 건축비, 유지비, 냉난방비, 세금이 많이 들어간다. 큰 집에 살면서 잘 건사하려면 큰 자산을 갖고 있거나 돈을 계속 벌어야 한다. 큰 집은 꼬박꼬박 들어가는 돈이 크다. 청소를 하거나 부서지고 낡은 것들을 수리하는 데도 많은 시간과 돈이 들어간다. 큰 집은 짐이 되고, 낭비적 생활방식을 강요한다. 작은 것이야말로 큰 것이라는 쪽으로 생각이 바뀌면서 집에 대한 생각도 달라진다. 큰 집을 갖는 것은 그 집에 속박될 수도 있다는 사실을 염두에 두어야 한다. 작은 집은 유지비용을 최소화한다. 아울러 대량생산과 대량소비로 움직이는 현대적 생활방식에 등을 돌리고 생태지향적 삶의 방식으로 나가는 첫걸음이다. 집에 속박되지 않고 자유롭게 살 수가 있다. 문명은 스몰, 다운사이징, 다이어트, 소형화의 방향으로 나아간다.

이 나라, 이 사회에는 그저 평범하게 살아가려 해도 꼭 거쳐야 할 최소한의 관문이 너무 많다. 보통 사람들처럼 생활하려고 들면 우선 바쁜 일상에 적합한 이동 수단과 정보 수집 도구를 확보해야 하고, 옷차림도 나름대로 갖춰야 하며, 계약이나 재산 관리 같은 골치 아픈 문제와 팍팍한 사회생활 속에서 일어나는 각종 인간관계까지 신경 써야 한다. 이렇게 살다 보면 마치 평생을 이런 식으로 보내야 할 것만 같은 불안감도 든다. 그리고 이 모든 것의 정점에 있는 것이 바로 '집'이다.

그러나 각자의 생활방식과 수준에 걸맞은 자기만의 집을 선택하고자 한다면, 어느새 우리가 당연한 것으로 여기게 된 '평균적인 집'에 대한 강박관념은 차츰 사라질 것이고, 그러다 보면 꼭 마당이 딸린 몇천만 엔짜리 단독주택을 살 필요가 있을까 하는 생각도 하게 될 것이다. 그렇게 되면 비싼 집을 갖기 위해 지금 당장은 고생하더라도 나중을 위해 고된 삶을 감수해야겠다는 사명감 같은 것도 비교적 누그러질 것이다. 결국 남들이 보기에 괜찮다고 생각할 만한 집을 구하기 위해 희생해온 그 수많은 노력과 에너지가 줄어들 것이고 지금껏 살아온 자신의 인생에 대해서도 돌아볼 수 있을 테니, 이는 모두의 행복을 위해 결과적으로 옳은 생활방식이자 철학이 아닐까 싶다.

다카무라 토모야, 《작은 집을 권하다》, 오근영 옮김, 책읽는수요일, 2013, 8-10쪽.

빗방울이 개나리 울타리에
솝-솝-솝-솝 떨어진다

5 감각을 깨우는 명문장

봄풀들

봄풀들의 싹이 땅 위로 돋아나기 전에, 흙 속에서는 물의 싹이 먼저 땅 위로 돋아난다. 물은 풀이 나아가는 흙 속의 길을 예비한다. 얼고 또 녹는 물의 싹들은 겨울 흙의 그 완강함을 흔들고, 풀어진 흙 속에서는 솜사탕 속처럼 빛과 물기와 공기의 미로들이 펴져나간다. 풀의 싹들이 흙덩이의 무게를 치받고 땅 위로 올라오는 것이 아니고, 흙덩이의 무게가 솟아오르는 풀싹을 짓누르고 있는 것이 아니다. 풀싹이 무슨 힘으로 흙덩이를 밀쳐낼 수 있겠는가. 이것은 물리현상이 아니라 생명현상이고, 역학이 아니라 리듬이다. 풀싹들은 헐거워진 봄 흙 속의 미로를 따라서 땅 위로 올라온다. 흙이 비켜준 자리를 따라서 풀은 올라온다. 생명은 시간의 리듬에 실려서 흔들리면서 솟아오르는 것이어서, 봄에 땅이 부푸는 사태는 음악에 가깝다.

김훈, 《자전거여행1》, 문학동네, 2014, 23-25쪽.

사람은 두 발로 걷는 영장류, 1.4킬로그램의 뇌로 느끼고 생각하는 존재, 몸의 70퍼센트가 물로 되어 있는 존재다. 사람은 태어나서 기필코 죽는다. 여기에는 단 하나의 예외도 없다. "우리는 단지 영원이라는 두 어둠 사이 잠시 갈라진 틈으로 새어 나오는 빛과 같은 존재다."(블라디미르 나보코프, 《말하라, 기억이여》) 봄의 헐거워진 흙들 사이로 싹을 내미는 초본식물들을 경이롭게 바라본다. 풀들은 필사적으로 흙 위로 싹을 내밀어 올린다. 이 향일성의 존재들은 한 해 동안 맹렬하게 번성하다가 이윽고 쇠락한다. 풀들이 우리에게 말하는 것은 생명의 덧없음이다. 풀이 나고 번지는 사태가 음악이라면, 풀이 사람의 명징한 의식 위에 던지는 것도 음악이다. 그것은 무심과 기쁨의 날실과 올실로 짠 음악이다.

세상의 혼
-시간을 말하다

한순간 나는 소나무에서 수백만 개의 시간의 파문들이, 투명한 시간의 파문들이 나와 사방으로 확장되는 모습을 보았다. 이윽고 그들은 극히 작아져 보이지 않았다. 파문들은 사라지면서 세상 속(다른 나무들, 건물들, 구름들, 하늘과 땅)으로 융합되었다. 보랏빛 되새 한 마리가 소나무로 날아와 앉더니 아름다운 선율을 노래하기 시작했고, 그 아래 가지에선 페르시안 고양이 한 마리가 살금살금 다가가다 멈추어 서서는 새를 올려다보고 있다. 야생과 길들인 세 생명과, 나, 그리고 이 주택들이 모두 함께 시간의 그물망 안에서 연결되어 만나고 있었다.

만물은 모두 시간을 안정되게 방사하며 발산하고 있다. 그 시간은 모든 원자, 모든 잎새, 모든 인간에서, 심지어 빈 공간에서도 용솟음친다. 그래서 바로 그 노송이, 햇빛을 듬뿍 머금은 바늘잎이 주는 상록의 광환(光環)과 함께 시간을 초월한 것으로 보이는 것이다. 소나무와 나는, 그리고 우리들 모두는 시간에 흠뻑 젖어 있다.

뒤에서 이어집니다.

우리는 시간의 존재들이다. 시간은 공간의 파문이고, 삼라만상은 그 자체로 시간의 덩어리다. 만물은 저마다의 리듬과 방식으로 시간을 방사한다. 시간은 우리 안에서 꽃피면서 동시에 만물의 중심에서 솟아나 여기저기로 흩어진다. 삶이란 시간이 추는 무용(舞踊)이다. 찰나는 영원을 물고 있다. 그러므로 찰나를 낭비하는 것은 영원을 덧없이 흘려보내는 것이다. 내가 진짜로 살지 않는다면 시간은 흩어지고 저 멀리로 달아나리라!

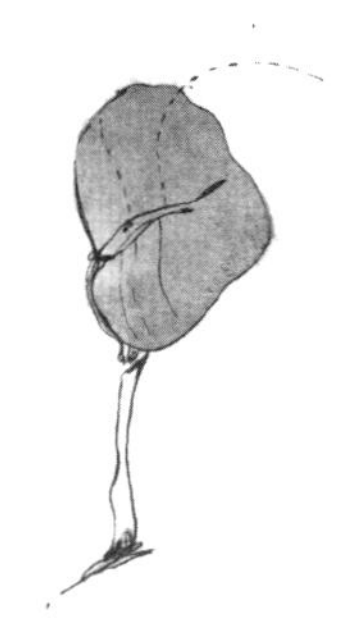

아마도 시간은 원천을 알 수 없는 균일한 내면의 빛이 아닐까. 밖으로 흘러나오는 시간의 파문은 너무나 작고, 너무나 미세해서 감지할 수가 없다. 아마도 시간의 중심에 있는 샘은 무한히 분할 가능한 '지금', 그 안에 10억의 10억의 '지금'을 가지고 있는 '지금'이 아닐까. 매 초, 즉 초 안에 있는 밀리초, 밀리초 안에 있는 나노초, 나노초 안에 있는 펨토초가 무한하다. 그 모든 것이 꽃피면서, 만물의 중심에서 동시에 솟아난다. 우리는 시간과 함께 빛난다. 그렇다. 소나무의 바늘잎이 밖으로 빛을 방사하듯이, 또는 태양빛이 일방향으로 가듯이 시간의 화살이 일방향을 향하는 것은 사실이지만 시간의 알갱이에는 방향이 없다. 시간의 화살은 동시에 모든 곳을 향하고 삼라만상은 시간과 함께 빛난다.

우리의 미래는 바로 여기에, 앞이 아니라 안에 있다. 만약 매 초가 영원에 가까운 시간을 담고 있다면, 우리는 실질적 의미에서 이미 불사의 존재가 아닌가? 그리고 코끼리가 등가죽을 기어오르는 개미를 의식하지 못하듯, 비록 우리가 우리의 불사를 의식하지 못한다 할지라도, 우리는 여전히 영원 안에서 존재하고, 우리의 삶은 아무리 짧다 해도, 매 분 안에서, 매 시 안의 무한 안에서 영겁에 걸쳐 있는 것이다.

크리스토퍼 듀드니, 《세상의 혼 : 시간을 말하다》, 진우기 옮김, 예원미디어, 2010, 370-371쪽.

열두 살의 나

열두 살의 나, 잔잔한 어느 호텔 수영장에 떠 있던 내 육체가 기억납니다. 나는 배영을 멈추고 두 다리를 물의 흐름에 내맡겼습니다. 검게 코팅된 물안경으로 창백한 태양과 위태로운 다이빙대가 보였습니다. 나는 한껏 숨을 들이마셔 허파를 부풀렸습니다. 가슴께가 수면 위로 떠올라 내가 더 이상 가라앉지 않도록 해주었습니다. 두 귀는 물속에 잠겨 아무 소리도 들리지 않았습니다. 그런데 그 순간 누군가가 내게 말했습니다. "너는 해파리야." 나는 그때까지 해파리를, 투명한 몸을 흐느적거리며 물 위를 떠다니는 그 이상한 바다생물을 그때까지 한 번도 본 적이 없었습니다. 그런데도 그 음성을 듣는 순간 나는 내가 한 마리 해파리라는 것을 부인하지 못했습니다. 어쩌면 인간은 그 무엇이든 될 수 있는 것은 아닐까요?

뒤에서 이어집니다.

현생인류의 전생은 물고기다. "삶의 전 순간을 오직 인간으로만" 살게 된 것은 그리 오래되지 않았다. 저 신들의 시대에 인간은 꽃, 물고기, 해파리, 늑대로 자유롭게 변신해 살 수가 있었다. 그러나 신들의 시대가 종언을 고한 뒤 종과 종 사이의 벽이 높고 두터워졌다. 삶은 불가피하게 노화, 질병, 부패, 중력, 한계를 받아들일 수밖에 없었다. 열두 살 소년이 호텔 수영장에서 겪은 사건은 종과 종 사이의 경계 막이 얇았던 아득한 태고의 신비다.

인간은 어떤 순간 완벽하게
다른 존재일 수 있는 게 아닐까요?
정말 인간은 삶의 전 순간을
오직 인간으로만 사는 것일까요?

새의 울음소리를 완벽하게 흉내 내는 폴리네시아의 원주민처럼, 재칼의 가면을 쓰고 행진하는 아마존의 어느 샤먼처럼, 인간은 어떤 순간 완벽하게 다른 존재일 수 있는 게 아닐까요? 정말 인간은 삶의 전 순간을 오직 인간으로만 사는 것일까요? 그러니까 제 말은, 개나 돼지, 새나 물고기인 그 어떤 순간, 그것을 스스로 부인하기 어려운 순간이 있지 않은가 하는 것입니다. 그래서 불교도들이 전생을 믿는 게 아닐까요? 우리가 우리의 긴 윤회의 과정 어디쯤에선가 왜가리나 멧돼지, 코끼리나 흰 소였을 수 있다는 믿음은 왜 이렇게 자연스러운 것일까요?

김영하, 《김영하의 여행자 하이델베르크》, 아트북스, 2007, 22-23쪽.

빗방울

빗방울이 개나리 울타리에 솝-솝-솝-솝 떨어진다

빗방울이 어린 모과나무 가지에 롭-롭-롭-롭 떨어진다

빗방울이 무성한 수국 잎에 톱-톱-톱-톱 떨어진다

빗방울이 잔디밭에 홉-홉-홉-홉 떨어진다

빗방울이 현관 앞 강아지 머리에 돕-돕-돕-돕 떨어진다

오규원, 《두두》, 문학과지성사, 2008, 47쪽.

내가 가장 좋아하는 한때는 파초 잎에 떨어지는 빗소리 들으며 낮잠을 잘 때다. 파초 잎의 빗소리를 들으며 파초 꿈을 꾼다. 빗방울은 어디에서나 노래하고 춤춘다. 당신은 빗방울의 노래를 들어본 적이 있는가? 자, 가만히 귀 기울여보라. 개나리 울타리에서 솝-솝-솝-솝, 어린 모과나무 가지에서 롭-롭-롭-롭, 무성한 수국 잎에서 톱-톱-톱-톱, 잔디밭에서 홉-홉-홉-홉, 강아지 머리에서 돕-돕-돕-돕 하고 빗방울들은 실로폰 두드리듯 그것들을 두드리며 노래한다. 귀 밝은 시인 덕분에 들을 수 없는 비의 노래를 듣는다.

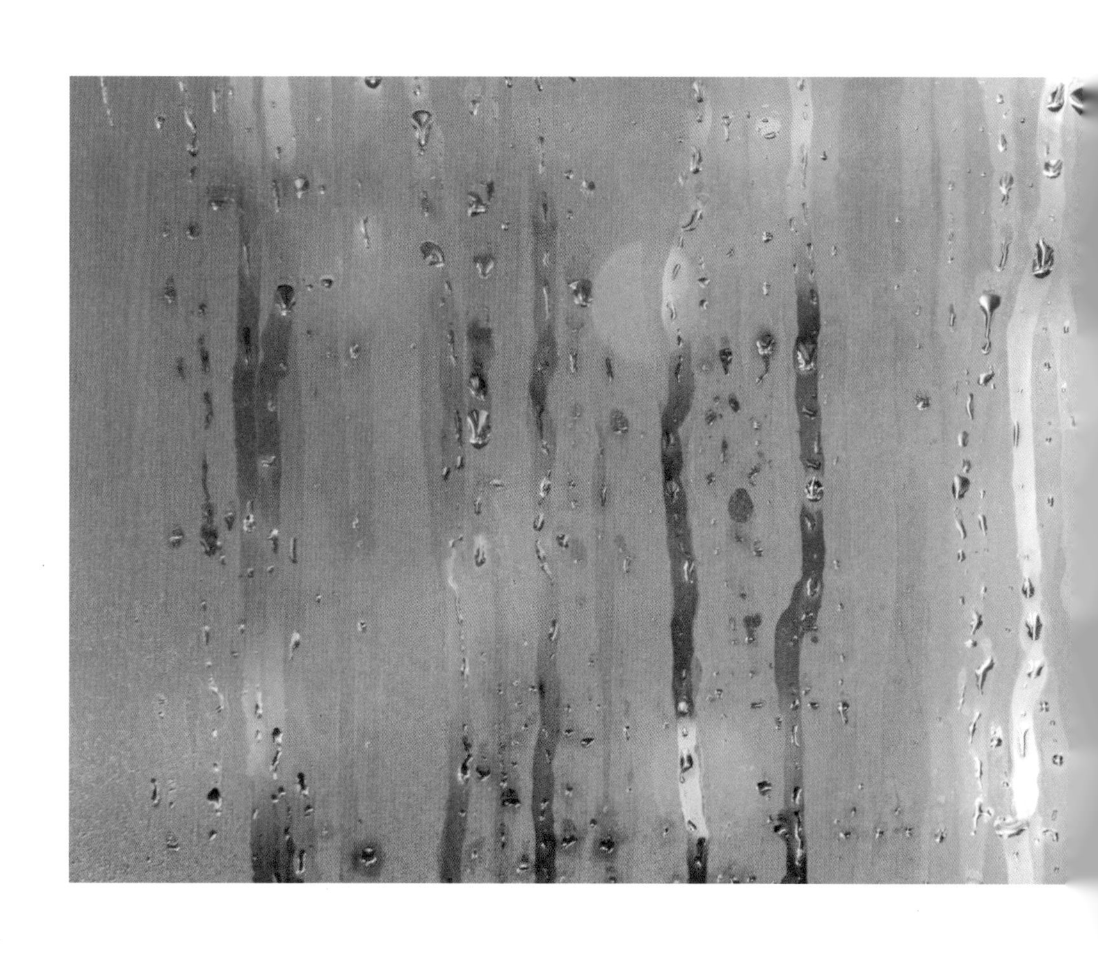

삶에는 아무것도 일어나지 않는 반면,
비가 오면 뭔가가 일어난다.
_마르탱 파주

말테의 수기

한 줄의 시를 쓰기 위해서는 수많은 도시들, 사람들, 그리고 사물들을 보아야만 한다. 동물에 대해서 알아야 하고, 새들이 어떻게 나는지 느껴야 하며, 작은 꽃들이 아침에 피어날 때의 몸짓을 알아야 한다. 시인은 돌이켜 생각할 수 있어야 한다. 알지 못하는 지역의 길, 뜻밖의 만남, 오랫동안 다가오는 것을 지켜본 이별, 아직도 잘 이해할 수 없는 유년 시절에 우리를 기쁘게 해주려 한 마음을 헤아리지 못해서 기분을 언짢게 해드린 부모님(다른 사람이라면 기뻐했을 텐데), 심각하고 커다란 변화로 인해 이상하게도 기억에 남아 있는 어린 시절의 질병, 조용하고도 한적한 방에서 보낸 나날들, 바닷가에서의 아침, 그리고 바다 그 자체, 곳곳의 바다들, 하늘 높이 소리 내며 모든 별들과 더불어 흩날려 간 여행의 밤들! 이 모든 것을 돌이켜보는 것만으로는 충분치 않다. 하나같이 다른, 사랑을 주고받는 수많은 밤들,

뒤에서 이어집니다.

한 줄의 시는 한 세계의 발명이다. 한 줄의 시는 오랜 경험의 정수를 꿰뚫는다. 뇌의 전두엽에 내리꽂히는 번개고, 두개골을 울리는 우레여야 한다. 존재를 쇄신에 이르게 하고, 홀연 새로운 세계를 엿보게 해야 한다. 바로 그렇기 때문에 시를 아는 건 곧 우주를 아는 것이다.

추억이 많으면 그것을 잊을 수도 있어야 한다.
그리고 그 추억이 다시 살아날 때까지
기다릴 수 있는 큰 인내심을 가져야 한다.

진통하는 임산부의 외침, 가벼운 흰옷을 입고 잠을 자는 동안 자궁이 닫혀져 가는 임산부들에 대한 추억도 있어야 한다. 또 임종하는 사람의 곁에도 있어봐야 하고, 창문이 열리고 간헐적으로 외부의 소음이 들려오는 방에서 시체 옆에도 앉아보아야 한다. 그러나 추억이 있다는 것만으로는 아직 충분하지 않다. 추억이 많으면 그것을 잊을 수도 있어야 한다. 그리고 그 추억이 다시 살아날 때까지 기다릴 수 있는 큰 인내심을 가져야 한다. 왜냐하면 추억 그 자체만으로는 시가 될 수 없기 때문이다. 그 추억이 우리들의 몸속에서 피가 되고, 시선과 몸짓이 되고, 이름도 없이 우리들 자신과 구별되지 않을 때에야 비로소 몹시 드문 시간에 시의 첫마디가 그 추억 가운데에서 머리를 들고 일어서 나오는 일이 일어날 수 있다.

라이너 마리아 릴케, 《말테의 수기》, 문현미 옮김, 민음사, 2005(2001), 27-28쪽.

칼자국

어머니의 칼끝에는 평생 누군가를 거둬 먹인 사람의 무심함이 서려 있다. 어머니는 내게 우는 여자도, 화장하는 여자도, 순종하는 여자도 아닌 칼을 쥔 여자였다. 건강하고 아름답지만 정장을 입고도 어묵을 우적우적 먹는. 그러면서도 자신이 음식을 우적우적 씹고 있다는 사실을 모르는 촌부. 어머니는 칼 하나를 25년 넘게 써왔다. 얼추 내 나이와 비슷한 세월이다. 썰고, 가르고, 다지는 동안 칼은 종이처럼 얇아졌다. 씹고, 삼키고, 우물거리는 동안 내 창자와 내 간, 심장과 콩팥은 무럭무럭 자라났다. 나는 어머니가 해주는 음식과 함께 그 재료에 난 칼자국도 함께 삼켰다. 어두운 내 몸속에는 실로 무수한 칼자국이 새겨져 있다. 그것은 혈관을 타고 다니며 나를 건드린다. 내게 어미가 아픈 것은 그 때문이다. 기관들이 다 아는 것이다. 나는 '가슴이 아프다'는 말을 물리적으로 이해한다.

김애란, 《침이 고인다》, 문학과지성사, 2007, 151-152쪽.

어머니란 일종의 유적(流謫)이다. 어머니들은 저마다 칼과 도마를 갖고 있다. 그것으로 가족이 먹을 음식들을 만드는 것이다. 어머니가 칼로 음식 재료들을 "썰고, 가르고, 다지는 동안" 우리는 겨우 책 몇 권을 읽고 몇 문장을 끼적였을 뿐이다. 어머니의 노동과 무관하게 이루어졌는데도 불구하고 몸속에는 무수한 칼자국들이 새겨진다. 늘 우리를 배불리 먹여주는 어머니는 무심하다. 그 무심함은 종교의 숭고함을 품은 무심함이다. 뭍을 향해 왔다가 돌아가기를 영원히 되풀이하는 바다가 그렇듯이!

노랑무늬영원

잔멸치 떼를 만난 적이 있다. 무수한 은빛의 점들이 일제히 반짝이며 배 밑을 헤엄쳐 갔다. 빠른 속력으로 그것들이 사라지고 나자, 헛것을 보았던 것 같았다. 한순간의 빛, 떨림, 들이마신 숨, 물의 정적이 내 안에 남아 있다.

그게 전부다.

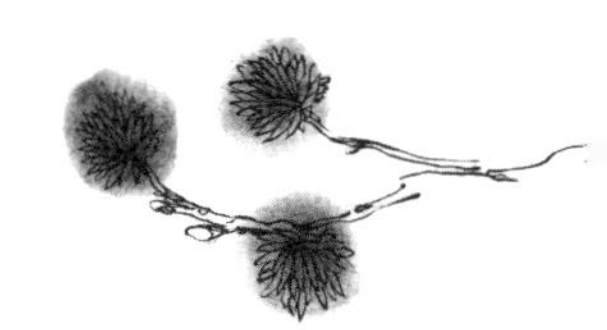

한강, 《노랑무늬영원》, 문학과지성사, 2012, 219쪽.

이 문장은 한 찰나를 기록한다. 세계와 자아가 만난 찰나! 잔멸치 떼가 지나간 바다에서 빛과 떨림과 숨의 향연이 있던 찰나! 이런 찰나들은 감각에 깊이 새겨져서 약동하는 삶의 원체험을 이룬다.

약동하는 삶을 위해
억눌리고 감추어진
야성을 찾아야 한다.
무료하게 늘어진
이 삶을 구원할 메시지는
내 속에 깃든
본래의 야성뿐이다.
_헨리 데이비드 소로

새벽예찬

쇠별꽃 지고 여뀌는 알록달록하고 이슬에 젖은 황국은 요염한 빛을 더하네요. 가을이 깊어지면 새벽마다 서리가 잦고, 낮에는 장독대 그늘에 수심이 더해져 짙어집니다. 나날이 뽀얗게 볼살이 오르고 가슴에 간장종지 젖가슴이 아릿해지는 열세 살짜리 딸애는 신경질적으로 손톱을 잘근잘근 깨물고 부쩍 말수가 줄어듭니다. 늦은 사춘기인 셈이지요. 꽃비에 젖는 물머리, 새벽, 끝과 시작이 교차하는 시각. 새빛의 권능 속에서 잎 다 진 꽃사과의 열매들이 찬이슬 머금은 채 매달려 있습니다. 박쥐들이 어두운 동굴 속으로 숨고 나면, 부지런한 나무들이 새벽바람을 맞으며 가지 위에 잠든 새들을 깨웁니다.

뒤에서 이어집니다.

새벽은 하루의 시작이고, 메마른 영혼에 다시 생명과 활력이 돌아오는 시각이다. "한낮의 감각적인 생활은 밤이 되면 멈추고, 인간의 영혼과 그 기관들은 아침이 오면 다시 활력을 되찾는다."(헨리 데이비드 소로, 《고독의 즐거움》) 햇빛이 금싸라기처럼 반짝이는 이 새벽이 즐거운 것은 그 때문이다. 새벽은 생명의 처음이고, 생명보다 더 강력한 진리, 생명보다 더 드높은 윤리는 없다. 오늘 새벽은 다시 돌아오지 않는 바로 그 새벽이다.

새벽에 아쉬운 것은 속절없이 비어 있는 이불 속 옆자리의 허전함 탓이 아니지요. 제 꿈속에 와서 놀던 그리운 그 사람이 돌아가는 까닭이지요. 인생은 단품(單品)입니다. 영산홍 꽃떨기도 봄 한철이지요. 연못 연잎 위의 이슬방울은 영롱하고 대나무숲 댓잎은 사운거리지만 꿈속에서조차 그리운 그 사람의 자취는 어디에도 없습니다. 만산홍엽은 눈이 부신데 그이는 자취가 없지요. 주옥(珠玉) 같은 세상이 차라리 지옥이지요. 그 사람이 태어난 사월의 탄생석(誕生石)은 다이아몬드입니다. 나 그대 때문에 마음에 다이아몬드 같은 지병을 얻었으니, 이제 두 눈에 청산가리를 붓고 맹아(盲啞)가 되어 떠돌다가 첫눈을 맞으리라고, 어금니를 질끈 물어봅니다.

장석주, 《새벽예찬》, 예담, 2007, 127-128쪽.

철수

날 태워봐. 기름을 바르고 내 몸에 불붙여봐. 마녀처럼 날 화형시켜봐. 쓰레기 봉지로 날 포장해서 소각로 속으로 집어던져봐. 나는 다이옥신이 되어 너의 폐 속으로 들어간다. 내 얼굴을 면도칼로 가볍게 긋고 스며 나오는 피를 빨아봐. 고양이처럼 그 맛을 즐겨봐. 그래서 나는 피투성이가 되고 싶어. 내 안에 있는 나는 무엇인지, 어떤 추악한 것인지 한 번도 만나보지 못한 채로 이 세상을 떠나가게 되는 것이 두려워 나는 마지막에 비명을 지르면서 눈물을 흘리리라. 그런데 그때 조용하게 비를 맞으면서 무너져가는 빈집의 창가를 무생물의 풍경처럼 지나가고 있는 또 다른 나. 너는 어디에서 한평생 살고 있었나. 너는 어디에서 노래를 부르고 마루에서 고양이를 잠재우며 흡혈식물 같은 입술을 닫고 지나가는 아침노을과 여름 오후의 비를 맞으면서 시간의 여울을 떠다니고 있었나. 이제 어디에도 없을 나, 재가 되어 사라지고 어둠이 되어 부패할 나, 그런 내가 내 인생을 온통 방치하고 유기한 채 이 추락의 마지막에서 누추한 손을 내민다.

배수아, 《철수》, 작가정신, 2012(1998), 39-40쪽.

"날 태워봐", "피를 빨아봐"라는 말은 얼마나 강력한 사랑의 말인가! 사랑은 그 극단에서 상대의 피를 흡혈하고 살을 깨물어 먹는다. 이는 하나가 되고 싶다는 무의식적 욕망이 시키는 짓이다. 우리 소설 중에서 사랑을 가장 강렬한 방식으로 감각화하는 대목이다. 이 문장들을 읽을 때 팔뚝에 소름이 오스스 돋았다. 바로 이 대목 때문에 배수아의 소설 중에서 이 작품을 가장 아끼고 사랑한다.

침묵의
여러 가지 양상들

세상에는 여러 가지 침묵의 공간들이 있다. 이는 한번 경험해볼 가치가 있는 침묵의 신비다.

벌목한 숲의 가슴을 찢는 듯한 침묵이 있는가 하면 우리를 에워싸는 사물들, 집, 아파트의 다양한 침묵이 있다. 그리고 우리들 주변에 있는 존재들의 언제나 의미심장한 침묵이 있다. 아기를 위하여 뜨개질을 하는 엄마나 옷을 꿰매는 할머니의 침묵, 골이 난 아이의 침묵, 서로 손을 잡고 마주 보며 서로의 생각에 잠겨 있는 연인들의 침묵.

전신을 긴장한 운동선수의 침묵, 골똘하게 조깅을 하거나 공을 잡으려고 뛰거나 골을 겨냥하여 뛰어오르는 사람의 침묵.

병상에 홀로 누워 병마와 싸워야 하는 환자의 침묵, 신경쇠약 혹은 자살의 침묵은 슬픔에 젖어 홀로 집에 돌아와 실의에 빠진 사람의 그것이다. 우정의 S.O.S. 전화는 대개 저녁에 퇴근하고 돌아와서 (그중 3분의 2가 여성들이다) 밤 10시가 넘어 진정으로 밤이 시작될 때 그만 마음이 무너져버린 사람들에게서 걸려온다. 1985년에 그런 침묵-고독의 형벌을 이기지 못하여 그 전화를 건 사람은 57,300명이었다. 비참한 침묵.

뒤에서 이어집니다.

인간이 불행해진 것은 침묵 속에 머물 수 있는 자유를 잃은 순간부터였다. 세상의 모든 사물과 존재들, 그것들이 머무는 공간에는 다양한 형태의 침묵이 깃들어 있다. 그런데 언제부터인가 이 침묵들은 갖가지 소음에 의해 훼손되고 만다. 소음과 세속화는 이 세상을 뒤덮은 한 쌍이다. 종일 틀어놓은 텔레비전의 소리, 자동차의 경적, 진공청소기나 에어컨 실외기에서 내뿜는 소음들…… 침묵이 미처 자라기도 전에 싹이 잘리고 만다. 침묵의 소멸로 인해 빚어진 손실은 실로 크다. 오직 침묵만이 삶의 숭고성과 위대함을 키우는 자양분이 될 수 있다. 침묵이 사라진 탓에 삶의 수수께끼와 같은 깊이, 비밀들도 더는 자라지 않는다.

고해성사나 평복(平伏) 침묵, 혹은 언젠가 다가올 관 속의 침묵. 어느 오래된 교회 입구의 돌에 새겨져 있는, '하느님은 그대가 쓸데없는 말들을 얼마나 했는지를 기억하시리라'는 글.

사원, 수도원, 수사들, 그리고 "즐거운 묵상의 지혜를 실천하는(앙리 미쇼)" 모든 사람들의 침묵. 프리메이슨 신입회원은 일 년 동안 명상하고 경청하고 침묵하도록 되어 있다. 그리고 동방박사들은 말없이 절을 한다.

특별한 장소들의 침묵도 있다. 마리 마들렌 다비는 말한다. "그런 장소들의 땅 힘은 침묵 속에서 위력을 발휘한다. 어떤 성스러운 장소는 그 뜻을 나타낸다. 돌이 말을 하고 숲과 숲 속의 빈터가 말을 한다. 물은 그 메시지를 속삭인다. 성스러운 장소들은 새들의 언어와 비슷하다." 세상의 어떤 장소든 경우에 따라서 비밀이 진동하는 성스러운 사원이, 존재의 심연과 접촉하는 신전이 될 수 있다.

그러나 덧붙여 말해두거니와 진정한 비밀은 항상 뒷걸음을 치고 있어서 손에 잡히지 않는 법이다.

동물들의 침묵, 말 없는 고양이의 저 환상적인 침묵, 개의 저 감동적인 침묵. 망을 보는 사냥꾼, 낚싯줄을 드리우고 명상에 잠긴 낚시꾼의 침묵. 장님, 벙어리, 귀머거리의 침묵, 텔레비전 화면의 한 귀퉁이 동그라미 속에서 다른 사람들에게 수화로 통역하는 사람의 침묵.

마르크 드 스메트, 《침묵 예찬》, 김화영 옮김, 현대문학, 2007, 13-14쪽.

머리말
블라디미르 나보코프,《롤리타》, 김진준 옮김, 문학동네, 2013
알베르 카뮈,《결혼 · 여름》, 김화영 옮김, 책세상, 1998

1. 감정을 다스려주는 명문장
이태준,《무서록》, 범우사, 2009
조정권,《고요로의 초대》, 민음사, 2011
함민복,《미안한 마음》, 대상, 2012
이혜경,《그냥 걷다가, 문득》, 강, 2013
함정임,《하찮음에 관하여》, 이마고, 2002
황대권,《야생초 편지》, 도솔, 2012
최성현,《산에서 살다》, 조화로운삶, 2006
줄리아 카메론,《나를 치유하는 글쓰기》, 조한나 옮김, 이다미디어, 2013
김용준,《근원수필》, 범우사, 2010
정효구,《마당 이야기》, 작가정신, 2008
전영애,《인생을 배우다》, 청림출판, 2014

2. 인생을 깨우쳐주는 명문장
피천득,《인연》, 샘터, 2007
레프 톨스토이,《살아갈 날들을 위한 공부》, 이상원 옮김, 조화로운삶, 2007
제러미 타일러,《자발적 가난》, E.F. 슈마허 외 지음, 골디언 밴던브뤼크 엮음, 이덕임 옮김, 그물코, 2006
M.V. 카마스,《위인들의 마지막 하루》, 이옥순 옮김, 사과나무, 2005
복거일,《삶을 견딜 만하게 만드는 것들》, 다사헌, 2014
칼릴 지브란,《예언자》, 강은교 옮김, 문예출판사, 2000
비스와바 쉼보르스카,《끝과 시작》, 최성은 옮김, 문학과지성사, 2007
오이겐 헤리겔,《마음을 쏘다, 활》, 정창호 옮김, 걷는책, 2012
요한 볼프강 폰 괴테,《괴테가 읽어주는 인생》, 데키나 오사무 엮음, 김윤경 옮김, 흐름출판, 2014
도미니크 로로,《심플하게 산다》, 김성희 옮김, 바다출판사, 2012

김현승, 《김현승 시전집》, 김인섭 엮음, 민음사, 2005
김수환, 《김수환 추기경의 고해》, 김영애 엮음, 다할미디어, 2010
신영복, 《처음처럼》, 이승혁·장지숙 엮음, 알에이치코리아, 2007

3. 일상을 음미하게 해주는 명문장

최성각, 《날아라 새들아》, 산책자, 2009
정진규, 《本色》, 천년의시작, 2004
세이쇼나곤, 《마쿠라노소시》, 정순분 옮김, 지식을만드는지식, 2012
박형준, 《저녁의 무늬》, 현대문학, 2003
야마무라 오사무, 《천천히 읽기를 권함》, 송태욱 옮김, 샨티, 2003
성석제, 《소풍》, 창비, 2006
박완서, 《호미》, 열림원, 2014

4. 생각을 열어주는 명문장

장석주, 《붉디붉은 호랑이》, 애지, 2005
피에르 쌍소, 《게으름의 즐거움》, 피에르 쌍소 외 지음, 함유선 옮김, 호미, 2003
헨리 데이비드 소로, 《고독의 즐거움》, 양억관 옮김, 에이지21, 2013
이어령, 《생명이 자본이다》, 마로니에북스, 2014
최인호, 《최인호의 인생》, 여백, 2013
울리히 슈나벨, 《행복의 중심, 휴식》, 김희상 옮김, 걷는나무, 2011
구인회, 《죽음에 관한 철학적 고찰》, 한길사, 2015
다카무라 토모야, 《작은 집을 권하다》, 오근영 옮김, 책읽는수요일, 2013

5. 감각을 깨우는 명문장

김훈, 《자전거여행1》, 문학동네, 2014
크리스토퍼 듀드니, 《세상의 혼 : 시간을 말하다》, 진우기 옮김, 예원미디어, 2010
김영하, 《김영하의 여행자 하이델베르크》, 아트북스, 2007
오규원, 《두두》, 문학과지성사, 2008
라이너 마리아 릴케, 《말테의 수기》, 문현미 옮김, 민음사, 2005
김애란, 《침이 고인다》, 문학과지성사, 2007
한강, 《노랑무늬영원》, 문학과지성사, 2012
장석주, 《새벽예찬》, 예담, 2007
배수아, 《철수》, 작가정신, 2012
마르크 드 스메트, 《침묵 예찬》, 김화영 옮김, 현대문학, 2007

이토록 멋진 문장이라면

1판 1쇄 발행 2015년 10월 14일
1판 9쇄 발행 2022년 3월 25일

지은이 장석주
펴낸이 고병욱

기획편집 이새봄 이미현 김지수
마케팅 이일권 김윤성 김도연 김재욱 이애주 오정민
디자인 공희 진미나 백은주 **외서기획** 김혜은 **제작** 김기창
관리 주동은 조재언 **총무** 문준기 노재경 송민진

펴낸곳 추수밭
등록 제2005-000325호
주소 06048 서울시 강남구 도산대로 38길 11 청림출판㈜ (논현동 63)
10881 경기도 파주시 회동길 173 청림아트스페이스 (문발동 518-6)
전화 02)546-4341 **팩스** 02)546-8053

www.chungrim.com
life@chungrim.com

©장석주, 2015

ISBN 979-11-5540-038-8 (03800)

*잘못된 책은 교환해드립니다.
*추수밭은 청림출판㈜의 인문·교양 도서 전문 브랜드입니다.